ARCHE

Lina
Meruane

Rot vor Augen

Roman

Aus dem Spanischen
von Susanne Lange

ARCHE

Für Paul Latkany,
der im Dunkeln wacht

Ich blickte entsetzt auf und sah Lina, die mich starr mit schwarzen, glasig reglosen Augen ansah. Ein Lächeln, halb zärtlich, halb ironisch, verbog die Lippen meiner Verlobten. Ich sprang verzweifelt auf und riss Lina an der Hand zu mir.
»Was hast du getan, du Unglückliche.«

Clemente Palma, *Linas Augen*

geplatzt

Da geschah es. In dem Moment. Seit Langem hatte man mich davor gewarnt, und dennoch. Ich erstarrte, meine feuchten Hände umkrallten die Luft. Im Wohnzimmer plauderten und lachten die Leute lauthals weiter, selbst ihr Flüstern kam aus voller Kehle, während ich. Jemand übertönte die anderen, stellt das Radio leiser, macht nicht solchen Krach, Punkt zwölf rufen die Nachbarn die Polizei. Ich konzentrierte mich auf diese dröhnende Stimme, die unermüdlich wiederholte, selbst samstags gingen die Nachbarn früh ins Bett. Die Gringos seien keine Nachtschwärmer wie wir, das Gegenteil von Partylöwen. Protestanten seien das, die protestierten, wenn wir sie um ihren Schlaf brachten. Jenseits der Wände, über unseren Köpfen und unter unseren Füßen, empörten sich all diese Gringos, die schon im Morgengrauen die Sonne erwarteten, die Socken angezogen, die Senkel geschnürt. Gringos, die sich Tag für Tag mit lupenreiner Unterwäsche und gebügeltem Gesicht hinsetzten und ihre Cornflakes mit kalter Milch frühstückten. Aber niemand scherte sich um die Schlaflosen, um ihre Köpfe unter den Kissen, ihre Kehlen voller Tabletten, die niemals wirken würden, solange wir auf ihrer Ruhe herumtrampelten. Doch trampeln taten die anderen, im Wohnzimmer.

Nicht ich. Ich war im Schlafzimmer, noch immer vornübergebeugt, den Arm Richtung Boden gestreckt. Musste an die bleierne Schlaflosigkeit der Nachbarn denken, stellte mir vor, wie sie das Licht löschten, nachdem sie sich spröde Stöpsel ins Ohr geschoben hatten, so gewaltsam, dass das Silikon barst. Wie gern wäre ich die mit den geplatzten Stöpseln gewesen, die mit den Splittern im Trommelfell. Die alte Frau, die sich entschlossen die Schlafmaske über die Lider schiebt, sie wieder abnimmt, das Licht anknipst. Das wünschte ich mir, weil meine noch immer ausgestreckte Hand ins Leere griff. Da war nur alkoholgetränktes Lachen, das durch die Wand drang und mich mit seinem Speichel bespritzte. Nur Manuelas schrille Stimme, die über das Geschrei hinweg insistierte, Mensch, Kinder, seid doch leise. Nein, bitte nicht, sagte ich mir, redet, brüllt weiter, wenn nötig, jault und grunzt. Lacht euch tot. Das sagte ich, schon steif geworden, obwohl erst wenige Sekunden vergangen waren. Eben war ich ins Schlafzimmer gegangen, hatte mich eben vornübergebeugt, auf der Suche nach meiner Tasche und der Spritze. Um Punkt zwölf hätte ich spritzen müssen, aber das würde nicht passieren, denn der fragile Turm der Mäntel hatte meine Tasche zu Boden gedrückt, und ohne innezuhalten, wie ich es hätte tun sollen, hatte ich mich vornübergebeugt und den Arm nach ihr ausgestreckt. Da war ein Feuerwerk durch meinen Kopf gegangen. Doch nicht Feuer sah ich, sondern Blut, das sich in meinem Auge ergoss. Blut, so erschaudernd schön, wie ich es nie zuvor gesehen hatte. So ungeheuerlich. So erschreckend. Mein Blut sprudelte, doch nur ich nahm es wahr. In aller Deutlichkeit sah ich, wie das Blut gerann, sah, dass sich der Druck erhöhte, dass mir schlecht wurde, sich mein Magen umdrehte, der Brechreiz kam, und dennoch. Ich richtete mich nicht auf, rührte mich keinen Millimeter, versuchte nicht einmal zu atmen, während ich dem Schauspiel beiwohnte. Denn das sollte das Letzte sein, was ich sehen würde in dieser Nacht, mit diesem Auge: Blut von einem tiefen Schwarz.

dunkles Blut

Nun würde Schluss sein mit den undurchführbaren Ratschlägen. Mit dem Rauchen aufhören, an erster Stelle, und an zweiter, den Atem nicht anhalten, nicht husten, unter keinen Umständen Pakete heben, Kisten, Koffer. Mich niemals vorbeugen oder kopfüber ins Wasser springen. Verboten war jede sinnliche Anwandlung, ein leidenschaftlicher Kuss und schon konnten die Adern platzen. Sie waren brüchig, diese Adern, die in der Netzhaut gewachsen waren, sich ausgedehnt und durch die Masse des Glaskörpers gewunden hatten. Man musste das Wuchern dieser Schlingpflanze aus Kapillaren und Kanälen beobachten, musste Tag für Tag, Millimeter für Millimeter ihr Fortschreiten überwachen. Mehr konnte man nicht tun: nur die Windungen dieses Aderngeflechts belauern, das in Richtung Augenmitte vorrückte. Mehr nicht, und das ist schon viel, befand der Augenarzt, das und mehr nicht, wiederholte er und senkte seine Pupillen zu meiner Krankenakte, ein Berg von Papieren, ein Manuskript von tausend Seiten, in eine dicke Mappe gezwängt. Lekz zog die grau melierten Brauen zusammen und notierte die exakte Biografie meiner Netzhaut, die ungewisse Prognose. Dann räusperte er sich und überschüttete mich mit den Einzelheiten neuer Forschungsberichte. Beiläufig erwähnte er Transplantationen in der Experimentierphase. Allerdings käme ich für Experimente nicht infrage: ich war entweder zu jung oder meine Adern zu dick oder das Verfahren zu riskant. Man müsse warten, bis Fachzeitschriften die Ergebnisse veröffentlicht und Regierungsstellen die neuen Medikamente zugelassen hätten. Die Zeit wucherte wie eigenmächtige Adern, und der Augenarzt redete ohne Punkt und Komma, entwand sich meiner Ungeduld. Und wenn es zur Blutung kommt, Doktor, sagte ich und biss die Zähne über seinen Berichten zusammen. Daran dürfe man nicht denken, sagte er. Man dachte besser überhaupt nicht, beobachtete nur weiter, machte weiter Notizen, die er später unmöglich würde entziffern können. Aber schließlich blickte er doch von seinen unleserlichen Schnörkeln auf und räumte ein, wenn es geschähe, wenn es geschehen sollte, wenn dieses Geschehnis tatsächlich einträte, dann würden wir weitersehen. Sehen werden Sie, gab ich zurück, tief in meinen Hass vergraben, ohne eine Silbe davon auszusprechen: Ich hoffe, Sie erkennen etwas, wenn ich nicht mehr. Und nun war es geschehen. In einem Auge sah ich nur noch Blut. Wie lange würde das andere halten? Das war also die Sackgasse, die dunkle Ecke, in der man nur namenlose, ausweglose Schreie hört. Aber nein, vielleicht nicht, sagte ich mir, riss mich zusammen und setzte mich auf die Mäntel in diesem Zimmer, das Manuela gehörte, zog die Zehen in den Schuhen ein, die herabbaumelten wie Tote. Nein, sagte ich, denn mit geplatzten Augen würde ich wieder tanzen können, springen, gegen Türen treten, ohne die Gefahr einer Blutung; würde mich vom Balkon werfen, mir eine offene Schere zwischen die Brauen bohren können. Die Gasse beherrschen oder den Ausgang finden. Das dachte ich, ohne zu denken, flüchtig. Ich wühlte in den Schubladen, auf der Suche nach einer vergessenen Zigarettenschachtel und einem Feuerzeug. Beim Anzünden würde ich mir die Fingernägel ansengen, würde mich mit Tabak vollpumpen und dann in diese Praxis zurückkehren und Lekz sagen, den Kopf voller Rauch, nun, Doktor, was sehen Sie jetzt, sagen Sie's mir, kalt und drängend, schwer atmend vor Groll, als hätten seine Latexhände das kranke Auge mit der Wurzel ausgerissen: sagen Sie's, sofort, sagen Sie mir, was immer Sie wollen, denn jetzt würde er mir sowieso nichts sagen können. Es war Samstagnacht oder schon Sonntag, und der Augenarzt war nicht zu erreichen. Und was hätte er mir auch sagen können, was ich nicht schon wusste: literweise Bitterkeit überschwemmte mein Auge.

dieses Gesicht

Als ich die Zigarette ausdrückte und mich aufrichtete, merkte ich, wie ein Blutfaden sich durch das andere Auge zog. Ein Fädchen, das sich sofort wieder auflöste. Bald würde es nur noch ein matter Fleck sein, aber es genügte, um mir die Luft zu trüben. Ich öffnete die Tür und betrachtete, was von der Nacht übrig geblieben war: wenig mehr als zähflüssige Helligkeit dort, wo sich das Wohnzimmer befinden musste, Schatten, die sich im Takt einer mörderischen Musik bewegten. Schlagzeug. Rockgitarren. Schiefe Stimmen. Bestimmt verkümmerten Kanapees auf dem Tisch, Chips, ein Dutzend Bierflaschen. Bestimmt waren die Aschenbecher erst halb voll, dachte ich, ohne sie zu sehen. Die Party nahm ihren Lauf, und niemand wollte sie beenden. Würden doch die schlaflosen Gringos jetzt, in dem Moment, mit Besenstöcken gegen die Wände klopfen, sagte ich mir. Die Bullen kommen und uns befehlen, die Musik abzudrehen, diesen angejahrten argentinischen Rock in die Schublade zu stecken, mit betretener Miene die Tabletts wegzuräumen. Uns zwingen, die Schuhe anzuziehen, die Reste in den Flaschen hinunterzukippen, den letzten alten Witz zu erzählen, Gutenachtgrüße herunterzuhaspeln und bis bald. Aber vor uns türmten sich die frühen Morgenstunden. Vor mir. Vor Ignacio, der sich im Nebel noch nicht ausmachen ließ. Ignacio würde die Lage sofort verstehen, ohne dass ich sagen musste, bring mich weg, nach Hause. Ich war mir sicher, dass mich sein müdes Schnauben retten, sein Finger sich in meine Wange bohren würde. Warum so ernst? Beim Klang seiner Stimme bekam meine Fassung einen Sprung und zerschellte am Boden, während er hinzufügte, was ziehst du für ein Gesicht? Woher sollte ich wissen, was ich für ein Gesicht zog, da mir die Lippen abhandengekommen waren, das Muttermal, sogar die Ohrläppchen waren fort. Mir blieb kaum mehr als ein Paar Maulwurfsaugen. Ignacio, hörte ich mich sagen, mit der Stimme eines Kanarienvogels. Ignacio, tschilpte ich, Ignacio, ich blute, das Blut ist da, es ist so dunkel, so verflucht zäh. Aber nein. Nicht das sagte ich, sondern: ich glaube, ich blute wieder, warum gehen wir nicht. Gehen, sagte er (das hast du gesagt, Ignacio, auch wenn du es jetzt abstreitest, und dann hast du geschwiegen). Ich hörte ihn fragen, ob es viel Blut sei, er dachte wohl, es sei wie sonst, kaum mehr als ein blutiges Körnchen, das sich rasch im Glaskörper auflöste. Viel nicht, nein, entgegnete ich, aber lass uns gehen. Lass uns sofort gehen. Doch nein. Warten wir, bis die Party an Fahrt verliert, bis die Gespräche von allein versickern. Nicht wir sollten ihr den Todesstoß versetzen, als wäre sie nicht schon tot gewesen. Wir würden noch ein Weilchen bleiben, eine Stunde hin, eine halbe her, was machte das schon, wenn nichts mehr vor einem lag. Ich konnte noch einen Wein trinken und mich betäuben, noch einen Wein und mich besaufen. (Ja, gieß mir ein Glas ein, flüsterte ich, während du es mit Blut gefüllt hast.) Ich trank aufs Wohl meiner Eltern, die meilenweit entfernt von der Katastrophe bestimmt vor sich hin schnarchten, aufs Wohl des Partytrubels, auf das der Nachbarn, die sich nicht über den Lärm beschwert hatten, aufs Wohl der Uniformierten, die mir nicht zu Hilfe gekommen waren, aufs Wohl des Scheißwohls.

stolpernd

Wir verließen die Party alle gemeinsam, sagten nur vielen Dank, bis bald, *bye*. Unterwegs musste sich die Gruppe aufgelöst haben, denn in meiner Erinnerung sehe ich sie nicht. Der Fahrstuhl war voller Stimmen, aber als wir auf die Straße traten, waren wir bloß drei, vier Gestalten, die dann zu einer einzigen wurden, die neben mir ging. Julián erzählte von seinem Vorstellungsgespräch an der Universität oder dergleichen, während ich immer tiefer in die schwärzeste aller Nächte vordrang. Ignacio debattierte vermutlich irgendwo hinter uns mit Arcadio über spanische Politik oder suchte ein Taxi. Um diese Zeit, auf dieser kläglichen Insel, die da an Manhattan klebte, würde es nicht einfach sein, eines aufzutreiben. Eher konnte man auf einen verlassenen Rollstuhl mit kaputten Sprungfedern stoßen. So ein Stuhl wäre hilfreich gewesen, hätte mich weniger verwundbar gemacht in der Ungewissheit dieser Nacht. Ja, ein Stuhl, weitaus besser als ein ungelenker Stock. Ich musste daran denken, wie wir am Nachmittag den Fluss mit der Luftseilbahn überquert hatten, darin auch ein Dutzend Lahme mit ihren Stühlen. Roosevelt Island war eine Insel für Versehrte, auf der nur eine Handvoll Professoren und Studenten wohnten, kein Tourist; es war eine arme, denkmalgeschützte Insel, die so gut wie niemand besuchte, dachte ich und gleich anschließend, dass ich hätte begreifen müssen, warum ich gerade mit diesen Leuten herübergekommen war, sie und ich gemeinsam über dem Wasser schwebend. Am Ufer stand das Schicksal als großes Fragezeichen, eine Mahnung. Was hattest du da zu suchen, sagte es und hob gemein den Zeigefinger. Was hattest du auf der Insel verloren. Einen Stuhl, entgegnete ich, unpassend und ungelegen, bloß einen kleinen metallenen Stuhl mit Rädern, mit Fußstützen und Hebeln und hoffentlich mit einem Knopf, der die Räder antreibt. Hättest eben vorsorgen müssen, entgegnete die mürrische Stimme in mir. Dann hättest du einen für diese Nacht, in der du ihn brauchst. Aber die Lahmen schliefen jetzt sicher wie die Weltmeister, während die Rollstühle als Invaliden neben ihren Betten ruhten. Mein Bett, das nicht meines war, sondern Ignacios, befand sich noch in weiter Ferne. Alles kam mir weit weg vor oder entfernte sich von mir. Ignacio war verschwunden, und Julián beschleunigte den Schritt, vom Bier beschwingt. Unweigerlich fiel ich zurück. Ich kam in Zeitlupe voran, tappte über den rutschigen Kies, glitt Böschungen hinab, stolperte über Stufen. Julián musste sich umgedreht haben, als er gemerkt hatte, dass er mit sich selbst redete. Ich spürte, wie er mich beim Ellbogen nahm und hervorsprudelte, besser, ich helfe dir, bist scheint's auch betrunken. Er lachte über mich, und auch mich schüttelte ein Nervenanfall, ein schallendes Lachen, und während ich unter Zuckungen bebte, zog Julián mich weiter und fragte, ob mir die Füße wehtäten, ob ich steife Knie hätte, denn warum, *caramba,* warum, zum Teufel, gehst du so langsam? Den Blick auf den Boden geheftet, als hätte mir das einen Sturz ersparen können, die Augen ins Elend vergraben, versuchte ich ihm zu erklären, was los war: Ich habe meine Brille zu Hause vergessen, ich sehe rein gar nichts. Eine Brille! Seit wann trägst du eine Brille? Das war wohl ein Staatsgeheimnis!, rief er betrunken und übernächtigt. Er meldete, dass wir nun über ein Stück nassen Rasen gingen, und konnte sich nicht genug wundern, ich fasse es nicht!, du trägst nie eine Brille! Niemals, das stimmte. Mein Lebtag hatte ich keine Brille gekauft. Vor Mitternacht war mein Sehvermögen tadellos gewesen. Doch an diesem Sonntagmorgen um drei hätte mir nicht einmal die stärkste Lupe geholfen. Julián hob die Stimme und vielleicht auch den Finger eines künftigen Professors und schwang seine flatternde Zunge, um mich zu verurteilen. Geschieht dir recht. Er schluckte oder spuckte Speichel und verkündete, das sei der Preis für meine Eitelkeit, so müsse ich nun durchs Leben gehen: stolpernd.

morgen

(Hier bin ich. Hier fahre ich. Sehe wieder aus dem Taxifenster, versuche mit starrem Blick von der Autobahn aus ein Stück Horizont einzufangen, die nun hohle Silhouette zweier Staub gewordener Türme, die Konturen des verstümmelten Himmels neben dem fragilen Glanz des Flusses, den Sterne besprenkeln, das grelle Neonlicht des History Channel über dem Wasser. All das sehe ich, ohne es zu sehen, sehe es durch die Erinnerung, es einst gesehen zu haben, oder durch deine Augen, Ignacio. Die Scheinwerfer des Taxis durchbrachen den leichten Nachtdunst aus Papier und verschmortem Metall, der sich nicht auflösen wollte, sich an die Scheibe schmiegte und sie beschlug. Der Araber überholte ruckartig, ließ sich aber auch von anderen überholen, hupende Raser. Ihr konntet dösen dabei, vielleicht sogar in den Schlaf finden, vom jähen Beschleunigen und Bremsen gewiegt. Ich stützte die Stirn gegen die Scheibe und schloss die Augen, bis mich deine Stimme aufrüttelte, Ignacio, die so neu in meinem Leben war, dass es manchmal dauerte, bis ich sie als deine erkannte, als deine Stimme, die obendrein von Sprache zu Sprache den Tonfall wechselte. Die Stimme gab dem Taxifahrer Anweisungen auf Englisch. Er solle die nächste Ausfahrt nehmen, Richtung Westen fahren, dann auf die Washington Bridge zuhalten, die noch am Horizont loderte. Wir wollten die Rostbrücke nicht überqueren, fuhren nicht zum Vorort auf der anderen Seite, wo ich einmal gewohnt und wohin ich nie hatte zurückkehren wollen. Ich ging ganz in der Gegenwart auf, das war alles, was ich hatte, während wir Julián an der Ecke vor seiner Wohnung herausließen und zu deiner weiterfuhren, nun die unsere. Sobald wir allein waren, hast du mein Gesicht in die Hände genommen, damit ich es zu dir wandte, dich ansah. Damit du mich ansehen konntest. Deine Augen stellten nichts Außergewöhnliches fest, sahen nicht, was sich hinter meinen

Pupillen tat. War es viel? Viel mehr als sonst, sagte ich finster, aber morgen vielleicht. Morgen geht es dir besser. Doch morgen war schon heute. Es musste nur noch hell werden, die Sonne die trüben Laternen verdrängen. Der Araber, turbangekrönt, bremste scharf, und wir rutschten nach vorn. Rühr dich nicht, hast du gesagt, und ich hörte eine Tür schlagen, du musstest um den Wagen herumgehen, um mir zu öffnen, mir die Hand zu geben, mich zu ermahnen, den Kopf zu senken. Von Weitem hätte man meinen können, dass wir einem anderen Jahrhundert entstiegen, nicht einem Auto. Wir verließen die Zeitmaschine Arm in Arm, und ebenso ging es aufwärts, die Treppe zum Fahrstuhl und die fünf Stockwerke hinauf. Dann den Gang weiter, bis die Schlüssel im Schloss klimperten. Uns empfing abgestandene Wohnungsluft. Aus allen Winkeln stieg Wärme auf, vom bereits teppichlosen Boden, von den nackten Wänden, den zahllosen Kisten, die glühende Holzscheite zu enthalten schienen, keine Bücher. Seit Tagen packten wir für den bevorstehenden Umzug. Ich ging weiter ins Schlafzimmer, du hinter mir: pass auf, ich stelle dir hier ein Glas Wasser hin. Wir warfen uns aufs Bett, umarmten uns trotz der Schwüle, und schweißgeölt schliefen wir ein. Am nächsten Morgen hast du die Jalousien hochgezogen, hast dich vor mich gesetzt und gewartet, bis ich aufwachte, ich weiß nicht, ob aus dem Schlaf oder dem Leben. Aber ich war seit Stunden wach, hatte nur nicht gewagt, die Augen zu öffnen. Lina? Ich hob ein Lid, dann das andere, und zu meinem Erstaunen sah ich Licht, ein wenig Licht, ausreichend Licht: der blutige Schatten im rechten Auge war nicht verschwunden, aber im linken war er auf den Grund gesunken. Ich war nur halb erblindet. Deshalb habe ich deinen Kaffee angenommen, ihn unverzüglich zum Mund geführt, sogar gelächelt, denn trotz allem. Und du hast dagesessen wie ein weiterer Einäugiger, ohne zu begreifen, was geschehen war. Du konntest den Ernst der Lage nicht beurteilen. Hattest nicht den Mut, alle Fragen zu stellen. Du hast sie für dich behalten, wie jetzt, zusammengeknüllt in der Hosentasche.)

ein klappriger Lastwagen

Nur ein paar Tage, und der Augenarzt würde von seinem Kongress zurück sein und meine Netzhaut im Endstadium begutachten. Vielleicht am Freitag. Und es war erst Dienstag. Drei Tage, um unser restliches Leben zu bewältigen. Morgen würden wir keine Mieter mehr sein, in eine Wohnung wechseln, die Ignacio dreißig Jahre lang der Bank schuldig sein würde. Wir zogen nur ein paar Blocks weit Richtung Osten, wo es über Treppen und Fahrstühle abwärtsgeht, wo das Viertel auf Synagogen und hohe Hüte trifft, auf Schläfenlocken, synthetische Perücken, lange schwarze Gewänder, wo neben alten orthodoxen und früh gealterten jungen Juden der Sonntagstrubel beginnt. Wir würden genau im Scharnier wohnen: unser Fenster Richtung Süden, im Türrahmen der Norden. Wir sprachen nur über den Umzug und seine Details, beschränkten uns streng auf das Konkrete, darauf, uns unverzüglich in Richtung Zukunft zu bewegen. Gegen die schwere Holztür zu drücken. Den Türknopf zu drehen. Den Geruch nach frischer Farbe einzuatmen, nach Terpentin, Lack und Holzstaub, der noch in der Luft lag. Jede Reparatur in dieser Wohnung zu überprüfen, die die Vorbesitzer behutsam zerstört hatten. Dafür war ein Auge unerlässlich, ein Auge wenigstens, um zu überprüfen, dass alles in Ordnung war, ein scharfes Auge als Ausgleich für das blinde. Aber mein sehendes Auge sah nicht länger, sobald ich mich aufregte. Mein Hin und Her weckte das Blut, das sich in meiner Netzhaut angesammelt hatte, schüttelte es wie einen Staubwedel, die Bewegung wirbelte es mit ihrem Kehrbesen auf. Aber zum Ausruhen war keine Zeit, zwanghaft stürzte ich mich ins Packen. Ignacio holte weitere Umzugskartons, während ich unsere Kleidung in Koffer tat, die Schuhe und Stiefel in riesige Plastiksäcke, die Teller zwischen die Laken und unsere einzige Bettdecke, die Salatschüsseln zwischen Handtücher. Alles nach Tastgefühl. Ich wickelte Gläser und Schalen in Zeitungspapier, bis endlich der Mittwoch da war und ein klappriger Lastwagen an der Ecke auftauchte. Es war Mittagszeit, drei Kerle vor der Tür. Sie brachten Gesichter voll Eile mit und sechs Hände voller Finger. Ein hochgewachsener, dünner Schwarzer gab einem anderen Befehle, allzu jung und klein, der ein Gespann mit dem größten von allen bildete: einem muskulösen Weißen, wohl etwas langsam von Begriff. (Voll Schrecken hast du mir von ihm erzählt, zurück in der alten

Wohnung.) Man musste ihn dirigieren, den Muskelmann, denn ständig stieß er gegen Flurwände, Rahmen, Leisten, Fenster, Türangeln, die Decke des winzigen Fahrstuhls, in dem er kaum Platz fand. Bei der zweiten Fahrt abwärts begann der Fahrstuhl zu schwächeln und gab im Zwischengeschoss endgültig den Geist auf, und da war er, der Muskelmann, als Einziger in der Lage, sich die Matratze auf die Schultern zu laden. Und den Lattenrost. Und den schweren Schreibtisch, dann die neun Regale. Mehr Bücher, als wir jemals lesen würden. Darunter die Bücher, die ich unter erfundenem Namen veröffentlicht hatte, und das Manuskript eines unvollendeten Romans, den ich vielleicht nicht mehr beenden würde, dachte ich und schluckte die Angst hinunter, ohne sie zu kauen. Zu viel Papier und so wenig Möbel. Wir hatten kaum etwas, aber doch zu viel für einen einzigen Mann. Was eigentlich zwei Stunden hätte dauern müssen, dehnte sich zu vier, zu fünf. Als endlich alles im Lastwagen war, erwachte der Fahrstuhl wieder zum Leben, und ich konnte mit dem Einkaufswagen hinunter, voll mit all dem, was wir vor dem Muskelmann hatten verbergen wollen. Den alten Fernseher, das Radio, zwei Laptops; ein paar halb volle Schnapsflaschen und die Gläser, mit denen wir abends anstoßen würden. Bring du ihn rüber, die Kerle haben mir zu grobe Hände. Schaffst du das? Natürlich würde ich das schaffen, sagte ich und log zur Hälfte. Das schaffe ich ohne Weiteres. Sie stiegen in den Lastwagen, um die paar Blocks zwischen den Häusern zurückzulegen, schoben abwechselnd an, weil die Batterie versagte, und sofort hatte ich sie vergessen. Ich hob die Nase und schnupperte nassen Zement, ein Nachbar goss wohl gerade. Dann bog ich nach links ab und tastete mich langsam voran auf der Suche nach der U-Bahn-Station.

das Umzugswägelchen

Der vertraute Weg stimmte nicht mehr mit meinen Schritten überein. In der trüben Flut konnte ich Bäume nicht von Ampeln unterscheiden, war mir nicht sicher, ob das Autos waren, die ich da neben dem mutmaßlichen Park an der Ecke sah. Ich rückte vor wie eine orientierungslose Fledermaus, folgte nur der Intuition. Ging den Leuten hinterher, die mich überholten. Wenn sie anhielten, hielt auch ich, wenn sie die Straße überquerten, schloss ich mit dem metallischen Quietschen meines Wagens auf. Ich nahm den Fahrstuhl hinab zur schwülen U-Bahn-Station, machte einen Bogen um die Drehkreuze und tauchte in den langen Gang, der mich schließlich zum Ausgang ins andere Viertel führte. Niemand schien sich vor mir zu befinden, niemand hinter mir. Keine strengen Rabbis, die ich nach der Richtung hätte fragen können, keine alten Frauen, über den Rollator gebeugt. Kein alter Mann mit zittrigem Stock, den ich mit meiner Unsicherheit hätte bestürmen können. Ich schlüpfte durch die schweren Türen der Station und blieb stehen, trainierte mein Ohr, ein Fahrrad, das durch eine Pfütze fuhr, ein Auto, das langsam rückwärts einparkte, sporadisches Hupen, die Ampeln, die grün wurden. Die Straße war kein Ort, sie war ein Knäuel von Geräuschen, die sich anrempelten und mit den Ellbogen stießen. Da war das Geräusch einer verrosteten Regenrinne. Müllsäcke, die sich auf den Straßen stapelten, sich am Wind rieben. Klagende Vögel, die sich an den Drähten einen Stromschlag holten. Kinder, die einander schreiend hinterherliefen. Genug, sagte ich mir, denn das Wichtigste war nun, den Bordstein zu finden. Die Flaschen schlugen krachend gegeneinander, als ich hinuntersteuerte, klirrten ebenso in den Schlaglöchern und rasselten gegen den Rinnstein. Mal hob ich die Vorder-, mal die Hinterräder an, holperte weiter. All meine Neuronen und ihre haarigen Dendriten arbeiteten an der Arithmetik der Schritte, die mich von einer Ecke zur nächsten führen sollten. Achtzig bis zur ersten und rechts abbiegen. Achtzig, links. Rechts, neunundachtzig. Fast war ich da. Die warme Luft zerrte an meinem Haar und kühlte meinen Kopf. Der Hauseingang konnte nicht mehr weit sein, als ich ein *hey* hörte, *what's up,* schrill, energisch. Ich hielt an. Wer konnte diese Frau sein, in diesem Viertel, dieser Straße, am Abend. Wer nur, da ich doch neu hier an der Kreuzung war. Ich blickte auf, deutete ein Lächeln voll ausgefeiltem Hass an und ärgerte mich insgeheim über die Musiker mit absolutem Gehör, die trainierten Telefonistinnen, die von Geburt an Blinden, die darauf getrimmt waren, Stimmen zu erkennen. Ich verfluchte die Frau, aber auch mich selbst, weil ich ihr mit ganzem Leib zulächelte, weil meine dummen Lippen ein *hi there* formten, von Speichel getränkt. Da stand ich, allein vor dieser Stimme, die in mich eindrang wie ein Vergewaltiger. Die Stimme kam immer näher, warf mir Worte und ein gewöhnliches Parfüm entgegen, und sie, diese Stimme, vor allem aber die spitzen Schuhe, die Absätze, die auf den Beton trommelten, sagten etwas, was für mich im Heulen eines Krankenwagens unterging. Dann entfernte sich das Absatzklappern wieder. Das Parfüm verflog. Und die Frau sprach weiter mit jemandem, der irgendwo an einem fremden, fernen Ort vergraben war, im Innern ihres Handys.

keine Glühbirnen

Ignacio stürzte sich an der Tür auf mich. Gerade sind sie weg, rief er, alles steht voller Kisten, aber komm, sieh dir an, wie die Reparaturen geworden sind. Er zog mich an der Hand hinter sich her wie ein Kind, während ich versuchte, nicht gegen die Wände des engen Flurs zu prallen. In einer Minute hatte er mir den neuen Wohnzimmerboden gezeigt, das frisch gestrichene Schlafzimmer, die strahlende Küche, das düstere Bad, dessen Renovierung wegen Geldmangels noch ausstand. Die Wohnung wirkte übergroß, und nach Ignacios Augen zu urteilen (nach der Erinnerung an deine Augen, die auch meine Augen sind), machte sie noch immer einen verlassenen Eindruck. Wir hatten fast nichts, fast alles davon gehörte ihm, und mitgebracht hatten wir nur das Allernötigste. Das Übrige war allzu verschlissen gewesen, allzu sehr auf der Straße, in Unterführungen aufgegabelt, aus dem Rinnstein gefischt, allzu sehr all den vorigen Leben entwendet. Die Vergangenheit hinter uns lassen, wo sie verstorben war, anstatt sie in diese frisch renovierte Wohnung zu karren. Es gibt nichts zum Hinsetzen, erklärte Ignacio wie zur Entschuldigung, aber wir besorgen uns ein paar Campingstühle und stellen sie ins Wohnzimmer. Und ich antwortete, ja, natürlich, wie du meinst, und dachte, du spinnst wohl, wir kaufen uns ein Sofa und einen Sessel, zwei Stühle und funkelnde Lampen. Doch erst streichen wir neu, damit wir dieses kranke Weiß von den Wänden bekommen. Wir müssten uns aber bald an die Arbeit machen, dachte ich, morgen schon, wenn möglich. Es blieben nur zwei Tage bis zum unheilvollen Diktum des Augenarztes, aber wir duschten fröhlich ohne Vorhang und wuschen uns die Haare mit dem, was gerade zur Hand war. Dann schlüpften wir wieder in dieselbe verschwitzte, aber nun trockene Kleidung und setzten uns auf das frisch gebohnerte und polierte Parkett. Sieh mal, was sie gemacht haben, sagte Ignacio. Es ist zu dunkel, sagte ich. Stimmt, er nahm meine Hand und fuhr mit meinem Finger über den rauen Riss voller Splitter, der sich quer durch das Wohnzimmer zog. Hier haben sie das Bücherregal entlanggeschleift, erklärte er trocken; bis da drüben (voll Jammer); durchs ganze Zimmer (voll resignierter Wut). Ich habe es kommen sehen und konnte es nicht verhindern, fuhr er fort, während ich mir die Arme des Muskelmanns vorstellte, stark, aber wabbelig, kaum mit durchsichtigem Flaum bedeckt, seine Augen eines geprügelten Hundes, die grobe Stummheit desjenigen, der uns den Boden ruiniert hatte. Aber was machte schon eine kleine Schramme im Holz. Wir würden einen Teppich darüberlegen. Uns selbst auf Schramme und Teppich legen, einen Perser, den ich persönlich aussuchen würde, sobald ich neue Augen hätte. Einander flachlegen und dann loslegen. Und danach würden wir erschöpft, doch strahlend und unbefriedigt, von Neuem beginnen. Wie die Tiere würden wir in jeder Schramme des Hauses vögeln, in jedem Loch in der Wand, wie die Insekten. Ich dachte an alle Kratzer, an alle hausgemachten Defekte, die wir verschulden, die wir ansammeln würden, vielleicht. Ich spürte keinerlei Sorge, wie ich da auf dem Boden lag, die Augen fest geschlossen. Ignacio entkorkte in der Küche eine Flasche und rief klagend, mit unpersönlicher Stimme, wo hast du die Gläser hingetan, wo sind die Servietten, öffnete und schloss Schubladen und wühlte in den Kisten. Ich versank im Knistern des Zeitungspapiers zwischen seinen Fingern, im Korkenschuss gegen die Wand, im Zischen des Sekts. Denn das war das einzig Gewisse: Wir weihten unser neues Leben mit Gläsern ein, die von den Schatten verwischt wurden, ließen uns vom Schweigen betäuben. Es war bereits dunkel geworden, und wir hatten kein Licht, nicht eine nackte Glühbirne baumelte im Sockel. Nicht einmal eine Kerze gab es. Ignacio hatte keine Ahnung, wo das Feuerzeug war. Er wühlte in seinen Taschen, tastete den Boden ab, ohne Erfolg. Und auch darauf stießen wir an, denn im Dunkel dieser leeren Wohnung waren wir einander gleich: zwei liebende Blinde.

Haus der Kollisionen

Ein Knallen gegen angelehnte Türen, allesamt mit schlagkräftigen Kanten. Die Nase an einem Regal geprellt. Verkratzte Finger, gebrochene Nägel, verdrehte Knöchel, fast verstaucht. Ignacio registrierte jedes Missgeschick und versuchte, die noch halb vollen Kisten aus dem Weg zu räumen, schaffte die offenen Säcke und die verwaisten Schuhe aus dem Flur, aber dann verhedderte ich mich in den Teppichen, warf Posterrollen um, die an den Wänden lehnten, die Mülleimer. Offene Schubladen und Tischbeine schlugen mir gegen die Finger. Die Wohnung war lebendig, sie ballte ihre Türknäufe und spitzte ihre Eisenhaken, während ich mich hartnäckig in Ecken drängte, die nicht mehr an ihrem Platz waren. Die Wohnung änderte ihre Gestalt, die Zimmer in ständiger Rochade, die Möbel in ständigem Wechsel, um mich zu verwirren. Ein Auge blind vor Blut, das andere von der Bewegung getrübt, war ich verlorener, mehr blinde Kuh denn je, schwindlig und dumm im Kopf. Aber ich wischte ein paar unwirsche Tränen ab, zählte wieder Schritte und prägte mir ein: fünf lange bis zum Wohnzimmer, acht kurze zurück ins Schlafzimmer, links die Küche, zehn bis zum Bad, linker Hand. Irgendwo mussten die Fenster sein, und ich stieß frontal mit Ignacio zusammen. Du bist eine echte Gefahr, sagte er aufgebracht, versuchte, die Stimme zu dämpfen; hör auf, herumzulaufen, du wirst uns noch alle Knochen brechen. Ich weiß, dass er mich musterte, denn ich spürte seine Augen auf den meinen wie Schnecken, die mich eifrig mit ihrem Schleim überzogen. Lina, seufzte er, in Schwermut oder in plötzliche Scheu versunken, Lina, noch sanfter, wobei er mich am Kinn fasste, seine schleimigen Augen überall, du bist blind, eine gefährliche Blinde dazu. Ja, antwortete ich, ganz langsam. Ja, bin aber bloß ein Blindenlehrling mit wenig Ehrgeiz zum Meistertitel, und ja, fast blind und gefährlich. Aber ich werde mich nicht auf einen Stuhl setzen und warten, dass es vorübergeht. Ignacio wäre es lieber gewesen, wenn ich still gesessen und gegrübelt hätte, aber es gibt nichts mehr zu denken, sagte ich, entriss ihm tastend die Zigarette und nahm einen verbotenen Zug. Alles Denkbare habe ich schon gedacht, sagte ich und nahm einen noch tieferen Zug. Denken, wiederholte ich und hielt den Stummel hoch, während Ignacio ihn aus meinen Finger zu befreien versuchte und dabei aus Versehen die Glühbirne ohrfeigte, denken tue ich, seit ich zum ersten Mal und gegen meinen Willen die Praxis eines Augenarztes betreten habe. Seitdem habe ich nichts anderes getan, als an die Zukunft zu denken, daran, dass ich sie nicht werde sehen können. An diesen verschlagenen, sturen Arzt, der gesagt hat, ich würde eine Zeitbombe in mir tragen, die immer schneller tickt. Mit den medizinischen Einzelheiten hat er sich an meine Mutter gewandt, fuhr ich fort, und dabei saß ich neben ihr und ließ mich von seinem lang nachwirkenden, beißenden Speichelsprit besprühen. Mich hat der Arzt nicht angesehen, aber seine dicken Brillengläser haben sich in mein Gedächtnis gegraben, seine gerötete, von winzigen Linien durchzogene

Hornhaut, diese elenden Miniaturaugen, die aus seinen Tiefen heraus diesen Augenblick vorhergesagt hatten. Dann erinnerte ich mich, aber das erzählte ich Ignacio nicht, wie der Arzt das schwarze Gestell auf der Nase zurechtgerückt und dabei gemurmelt hatte, vielleicht, aber nur vielleicht, denn niemand wisse das mit Sicherheit, vielleicht könne man in ein paar Jahren das kranke Organ durch ein kompatibles ersetzen. Und ich erinnerte mich an den Gedanken, wie es sein würde, durch fremde Augen zu blicken. Diese kurzsichtigen Augen, sagte ich nun wieder laut, diese Augen haben mir mehr Angst gemacht als die Zukunft der eigenen, denn diese Augen haben mich verfolgt und folgen mir immer noch, bis in den Traum, Ignacio, diese Kaninchenaugen. Mir bleibt nichts mehr, woran ich denken könnte, wiederholte ich. Denk du es, wenn du willst. Kau es wieder und wieder durch, beharrte ich, hob meine schwarzen Augen zu Ignacio und spürte, dass ich das Gleichgewicht verlor. Meine Worte waren herausfordernd, anklagend, vorwurfsvoll, denn ich sagte ihm das nicht zum ersten Mal. Vor sechs Monaten schon hatte ich ihn gewarnt, beim Abendessen zur Feier von Ignacios Vortrag, bei dem Abendessen, an dem ich als Doktorandin teilgenommen und mich ihm gegenübergesetzt hatte, um ihm zu sagen, dass ich außerdem schreiben würde. Ich habe mit Journalismus angefangen, aber man hat mich rausgeworfen, weil ich mich nicht an die objektiven Tatsachen gehalten habe, und da bin ich zur hundertprozentigen Fiktion übergegangen, hatte ich ihm gesagt und sein Bein mit der Wade gestreichelt. Als Beweis legte ich meinen letzten Roman auf den Tisch und erklärte, ich hätte meinen Namen komprimiert. Bist du nun Lina Meruane oder nicht? Manchmal, sagte ich, wenn mich meine Augen lassen; in letzter Zeit bin ich immer weniger sie, sondern wieder Lucina. Manchmal blutet die zusätzliche Silbe. Ignacio setzte ein rätselndes Gesicht auf und wollte mir lieber nicht glauben, als ich andeutete, ich litte unter einem Defekt, durch den ich blind werden könne. Blind, betonte ich ohne Dramatik, ohne das Lächeln aufzugeben, während sich die Drinks immer mehr in die Länge zogen, das Stück Tresen zwischen uns immer kürzer wurde. Er solle es sich gut überlegen, bevor er meine Rechnung bezahle und mich ins Taxi einlade, sagte ich, bevor er mich anfasse, mir diesen feuchten Kuss aufs Ohr drücke, dann auf die Lippen, bevor er meine zwar gebrauchten, doch erneuerten Seufzer höre, mein vollkommenes Schweigen, bevor er mir zum Frühstück Pancakes ans Bett bringe, bevor er auf einer alten Gitarre diesen schmachtenden, sentimentalen Bolero anschlage, bevor er mich bitte, zu bleiben. Zu bleiben. Aber vorher, denken. Gut solle er darüber nachdenken, sagte ich mit wildem Blick und dem Wunsch, er möge sich nicht bei diesem Gedanken aufhalten, aber zum Schein wenigstens wollte ich ihn zum Denken zwingen. Ignacio, dachte ich, nun ohne jeden Nachdruck, Ignacio, mach die Augen auf, noch ist Zeit.

der angemessene Preis

Dort unter dem Haar, in seinem Schädel, irgendwo im Gehirn kommt Ignacio der Gedanke, dass wir nach draußen müssen. Sofort nach draußen, wenn möglich im Laufschritt. Den ganzen Vormittag über warten wir schon auf den Anruf der Arzthelferin, er durch die Wohnung tigernd, ich ganz ruhig, in einen Roman aus dem 19. Jahrhundert vertieft, den mir ein unbekannter Vorleser aus dem Walkman zuflüstert. Ignacio rüttelt mich. Ich drücke auf Pause, Stop. Die Arzthelferin hat eben Bescheid gesagt, dass ich erst am Montag einen Termin habe. Was ist mit dem Freitag passiert? Niemand hat abgesagt, niemand fehlt heute, sagt Yuku, sagt Ignacio. Verzweifelt und untröstlich verkündet er, wenn wir nicht rausgehen, ersticken wir hier. Wir müssen nach draußen, etwas tun: auf Flohmärkten nach Möbeln suchen, zum Beispiel. Ich kann sie nicht allein auswählen, du musst mitkommen, beharrt er, und ich erkläre mich einverstanden, denn noch nie bin ich so verfügbar gewesen. Noch nie so wie jetzt, in diesen Straßen Manhattans mit ihren verhängnisvollen Schlaglöchern, mit Blechplatten über Leitern, die in die Hölle hinabführen. Das Licht fällt mir ins Gesicht, doch ich kann es nicht greifen, nicht gebrauchen, ich gehe durch die Stadt wie auf einem Hochseil, stütze mich auf Ignacio, der sich in einem anderen Rhythmus bewegt und dessen unverwechselbare Schritte Synkopen zu spitzen, eiligen Absätzen bilden, die das Pflaster verwunden. Wir stöbern zwischen Möbeln aus glattem Wildholz, die nach exotischen Vögeln und Mandrillen riechen, nach Flechten und afrikanischen Gesängen, an unseren Nasen reiben sich Gerüche nach kandierten Erdnüssen und glasierten Äpfeln, nach Brezeln und Bagels, frisch aus dem Ofen. Nichts von dem, was er sieht, überzeugt Ignacio, und ich, die ich nicht ausreichend sehe und seiner Beschreibung der Welt fast nur mit den Fingerspitzen folge, ich fürchte, jederzeit von Hitze oder Verdruss dahingerafft zu werden. Also treten wir in einen Laden mit neuen Möbeln und erholen uns beim Ausprobieren von Sesseln in trockener, klimatisierter Luft. *Can I help you,* fragt eine ebenso trockene und kühle, aber weniger angenehme Stimme, und ich weiß, dass sich Ignacio nun zu Erklärungen genötigt fühlt, mit einem improvisierten britischen Akzent, der respektabel klingen soll. Unsere Wohnung sei völlig kahl, wir hätten momentan nur eine Matratze auf dem Boden und ein Dutzend ungeöffneter Kisten und Koffer. Und zwei Teppiche und eine Schramme im Boden, verbessere ich leise für mich, die Verstellung liegt mir nicht. Ich ahne, dass Ignacio sich umsieht, dass er insgeheim diese Postkartenansicht der Leere möbliert: Couchtisch, Sofa, Sessel und Stühle, die uns überleben sollen, wie all die Kinder, die wir nie haben werden. Während er beschreibt, wie unsere Wohnung aussehen soll, ordne ich auf einer imaginären Skizze all diese Möbel an, die wir uns nicht leisten können. Und das Licht ist so schwach. Kaum hat die Verkäuferin sich umgedreht, beschließt Ignacio in einem Wimpernschlag, dass der Kauf bis zu einem weniger prekären

Moment warten kann. Er zerrt mich auf die sengende Straße, und ich höre ihn weiterreden, atemlos, mehr Licht, genügend Licht, das ist das Wichtigste, verstehst du? Ja, ja, natürlich, Licht, Glühbirnen, Lampenschirme und dergleichen, antworte ich, ebenfalls atemlos, und schon sind wir in die Tiefen eines Lampengeschäfts getaucht. Lampen, alt, doch aufgefrischt, ebenso wie ihre Eigentümer, ein Pärchen in den Sechzigern inmitten von langlebigen Lampen, eigenhändig von ihnen überholt. Der Jüngere klettert die Leiter hinauf, um eine herunterzuholen. Nur eine wollten wir kaufen? Sie sind nicht billig, entgegnet Ignacio, und wozu eine zweite. Um genügend Licht zu haben, sage ich. Und füge hinzu, kein einäugiges Wohnzimmer. Immer zwei, für den Notfall. Wir diskutieren. Der Ältere reckt den Hals und nimmt Ignacio die Entscheidung ab, ja, zwei seien immer besser. Das sagt er, weil er ein weißes Auge hat, brummt Ignacio, in die Enge getrieben, auf Spanisch. Ein weißes? Was ist mit Ihrem Auge passiert, frage ich den Alten. Ich spüre, wie Ignacio meine Hand quetscht, während er sich für mich entschuldigt, ich hätte gefragt, weil auch ich ein Problem mit den Augen hätte. Ein Problem, wiederhole ich, ich bin praktisch blind. Da lässt Ignacio meine Hand fahren und steckt seine in die Hosentasche zur U-Bahn-Fahrkarte. Ich warte. Ich hatte einen Infarkt, beginnt der Verkäufer, einen Infarkt hier, und fügt hinzu, im Auge. Es war nicht wiederzubeleben, sagt er. Ein Auge ist kein Herz. Nicht mal ein halbes Herz, es ist viel weniger, pflichte ich bei, deshalb haben wir zwei. Der Alte gerät ins Grübeln, aber nicht über meine Worte. Das tote Auge habe ihm nie viel ausgemacht, erklärt er traurig, ohne sich weiter zu erklären. Er räuspert sich und sagt, seine Leute seien damals gestorben. In den Achtzigern, frage ich, und doch ist es eine Feststellung, denn auf einmal weiß ich, was er sagen wird. Ich weiß, dass er auf seine Weise ein Überlebender ist. Dass viele wie er geschwollene Lymphknoten bekamen, unerklärliche Wunden, dass manche wahnsinnig wurden oder blind, bevor sie mitsamt dem Stigma untergingen. Dieses Stigma hatte mich einmal gestreift, einen Splitter in mir hinterlassen, mir hatte, vor zehn Jahren vielleicht, jemand gesagt, durch seine Aids-Diagnose sei er dem Zustand einer Diabetikerin am nächsten gekommen, dieser Jemand hatte sich mit mir identifiziert, und dann fing er über die Augen zu sterben an. Als ich ihn zum letzten Mal sah, war er blind gewesen. Nur wir beide sind übrig, hatte eben die Stimme des Alten neben mir gesagt, kurz und bündig wie in einem Schnellverfahren, er als Richter in einer gerechten Sache, der mit sich selbst spricht. Nur wir beide, wiederholt er, und ich wüsste gern, wo der andere Alte ist, würde mich gern umdrehen und dem Finger des Alten folgen, der jetzt sicher auf den anderen Alten zeigt und wartet, dass ich ihm bis in die Tiefe des Ladens folge. Der Verlust dieses Auges war der Preis, den ich bezahlt habe, sagt er, ohne zu klagen, der kleine Preis für das Leben.

der Ort im Norden

Acht Uhr morgens an einem stickigen Montag. Er duscht, nachdem er mir mit ungeschickten Fingern die Spritze aufgezogen hat, und ich injiziere mir vor dem Duschen das Insulin; er macht sich sein Frühstück, kocht meinen Milchkaffee, ich wühle in den schwarzen Kleidern im Schrank, ziehe den Reißverschluss der Stiefel hoch, setze die ebenfalls dunkle Brille auf, und wir verlassen die Wohnung wie ein Kommando in geheimer Mission: Er beschreibt mir die Hindernisse auf dem Gehweg und gibt der Neuen Tipps, er, der Milizenführer, der sie mit Straßennamen füttert, die sie sich einprägen soll, der seine Fahrkarte in den Schlitz schiebt, bevor sie durchs Drehkreuz geht. Er teilt ihr mit, wie viele Stufen es bis zum Bahnsteig sind, ordnet einen langen Schritt über die Lücke an. Die Wagentüren schließen, die Fahrt beginnt. Bist du nervös? Aber nervös ist nicht das Wort, weder nervös noch beunruhigt oder verängstigt ist das Wort, auch nicht beklommen; ich komme mir vor wie eine Schwangere, die ihrem Unheil entgegensieht. Der Weg Richtung Schicksal war lang, der Zug hielt an einer Station, dann ging es ohrenbetäubend weiter, bis wir fast so taub waren wie die U-Bahn-Ratten. Aber wir kamen an, stiegen aus, gingen die Treppen hinauf, ohne uns am Geländer festzuhalten, denn wer weiß, welche Hände, welcher Speichel, welche Haare dort entlanggestrichen und es mit Leid überzogen hatten. Beim Gehen hielten wir uns an den Fingern gefasst. Im Gewimmel der Körper, die uns schoben, stießen, in die Hacken traten, war uns nichts Intimeres möglich als das, die Berührung der Finger. Ignacio drückte wieder und wieder meine Hand, um Hindernisse anzukündigen und mich vor Passanten zu warnen, die im Laufschritt bei gelber oder roter Ampel die Straße überquerten. Endlich hatten wir den Brezelgeruch von Madison und 37th erreicht. Ein Hund bellte, stand inmitten quietschender Bremsen. Der Fluss tränkte die Luft mit niedrigen, ausgefransten Wolken, in der die Tauben um Atem rangen. Ich verlangte atmosphärische Bilder, um die Lücken in meiner Vorstellung zu füllen, und stellte Fragen, die an Ignacios Nerven zerrten. Ist der Norden immer noch zu meiner Linken? Ja, da war er, der Norden, wo er immer gewesen war mit seinem schweren Himmel. Ich durfte mich nicht ablenken lassen, mein ganzes Wesen verlangte nach vielfach gesteigerter Konzentration, nach absoluter Hingabe an die Geografie der Dinge. Mein Kopf dröhnte, überhitzte sich bei all den Bildern, die Ignacio mit jedem Wort in meiner Erinnerung heraufbeschwor. Er sagte Central Park, und mein Kopf füllte sich mit blauen Enten und Kaulquappen, die in phosphoreszierenden Seen den Touristen trotzten. Er sagte Columbus Circle, und ich füllte mich an mit Bräuten, die unter einem hohlen Silberplaneten mit ihren künftigen Exmännern posierten. Er sagte Stufe, Achtung, und ich sah Kanten voraus, die höher oder niedriger waren als in Wirklichkeit. Ignacio flüsterte, wir sind schon an der Lexington, und da geschah etwas anderes, ich sah kein Straßenschild vor mir, sondern das eines Krankenhauses, das sich nur ein paar Block weiter im Norden befand, sah mit den Augen des Geistes den Saal, in dem ich eine lange Zeit hatte verbringen müssen, sah die erste schwarze Krankenschwester meiner Kindheit, das breite Lächeln mit den riesigen Zähnen, die ihm einen seltsam majestätischen Anstrich verliehen, hörte das hungrige Lachen, das aus ihren Eingeweiden aufzusteigen schien, kam aber nicht mehr auf ihren Namen. Die Krankenschwester und alle Kinder in dem Saal waren aus Wachs, alle hatten klar geformte Gesichter, aber keine Identität. Ich selbst hatte die meine dort verloren. Auf einmal begriff ich erschrocken, dass an dem Ort, im Norden dieses Südens, der die Praxis des Augenarztes war, die Geschichte meiner Blindheit begonnen hatte.

schlafwandelnd

Viele Leute warteten auf ihren Termin, wir würden eine abscheulich lange Zeit in dieser Praxis verbringen, die teils gestrichen war, teils bröckelnden Putz zur Schau stellte. Ich stand neben Ignacio; auf der anderen Seite des Empfangs saß Lekz' Sekretärin, eine ungekämmte Doris, die als Kleid ein T-Shirt trug, darunter Strumpfhosen. Und Sandalen dazu. Ja, flüsterte Ignacio später, sie habe wieder dieselben wahnsinnigen Sandalen getragen, in Gold, aus denen bleiche, geschwollene Zehen ragten, grell angemalt. Es war dieselbe graue Doris, die ich so gut kannte, eine Doris, die am Telefon lauthals mit den Patienten stritt, die mit unerbittlicher Hand über den Terminkalender des Arztes gebot. Ich hatte von Weitem ihren mürrischen Gruß gehört und stellte mir vor, wie sie im Pendlerzug von New Jersey breitbeinig schlief und noch vor Lekz in der Praxis war, eine Schachtel Donuts in der Hand. Ebenso malte ich mir aus, dass vor Doris schon Yuku an der Tür stand, die hellen Augen zusammengekniffen, und auf ihrer Armbanduhr einer effizienten japanischen Arzthelferin eine hektische Acht belauerte und sich fragte, warum Doris so lange auf sich warten ließ, ob ihr Zug für immer im Tunnel, unter dem Wasser stehen geblieben war. Yuku wusste, was schleppende Reisen waren, ohne festen Boden unter sich; nie würde sie ihre einzige beklemmende Reise wiederholen, die Aberhundert Kilometer oder Luftmeilen von Tokio hierher. Ich war immer noch bei Ignacio verankert, der mit der Sekretärin meine Papiere durchging. Sie stritten, schrien, und ich kapselte mich ab von ihren scharfen Tönen, versank in meiner eigenen Leere, bis Ignacio mit einem Finger zwischen meinen Rippen die Blase durchstach. Lina! Er zog mich zu sich heran und stotterte nervös ein weiteres Lina in mein Ohr, Doris wartet schon eine Weile. Wer? Doris? Doris!, rief ich und schürzte die Lippen, riss verwirrt die Augen auf, *what is it?* Obwohl ich sie nur als Schemen wahrnahm, erahnte ich ihre Grimasse. Obwohl ich sie nicht gehört hatte, erriet ich die Frage, die sie eben an mich gerichtet hatte, und zwar mit meinem offiziellen Namen, dem in den Papieren. Ob ich noch immer dieselbe Krankenversicherung hätte? Und *yes, of course,* in meinem besten Englisch, *the same insurance.* Aber was hat sie mir genützt, dachte ich gleich darauf, ohne es auszusprechen, wenn sie mich nicht gegen das hier hat versichern können. Aber ja, wiederholte ich, alles beim Alten, dieselbe Universität, dieselben Bücher, die im Staub vor sich hin altern, dieselbe Sozialversicherungsnummer, dieselbe Einsamkeit, nun mit Ignacio geteilt. Alles war beim Alten geblieben, und doch schien alles radikal anders. Doris beendete das Verhör, wir sollten uns setzen. Darf man wissen, warum du nicht auf die Fragen geantwortet hast, hörte ich Ignacio sagen, verärgert ließ er seine Finger knacken. Wie soll ich für dich etwas erklären, was ich nicht einmal weiß? Bin ich ein Hellseher? Ich errate deine Gedanken nicht, sagte er abschließend und schob das Hemd in die Hose, um seine Hände beschäftigt zu halten, die rauchen wollten, aber nicht konnten. Ach nein, Ignacio, natürlich nicht, und ein Glück, dass du sie nicht errätst, antwortete ich, ohne darüber nachzudenken, was ich da redete. Und zu mir sagte ich dann: Niemals werde ich dich sehen lassen, was hier drinnen ist, Dinge, die ich nicht einmal mir selbst erzähle. Dann holte ich meine Stimme wieder hervor und erklärte ihm, ich hätte nicht gemerkt, an wen Doris sich gewandt habe. Hätte nicht die Gesten zu den Fragen gesehen, nicht die Lippen, um sie abzulesen, nicht das wilde Wedeln ihrer Hände. In diesem Nebel ist einem, als schliefe man und wäre zugleich wach. Als wäre man ein wenig taub. Ignacio nickte, denn er wusste, wie es war, wenn man nachts die Brille abnahm und plötzlich taub war. Er rieb sich die Lider, oder ich stellte mir vor, dass er sie rieb, unter der Brille. Er schnaufte nah an meinem Ohr. Dann nahm er meinen Arm und ließ mich nicht mehr los.

in der Verlängerung

Es waren keine Minuten, sondern Stunden, Tage, Monate des Wartens, ein ständiges Kreuzen und Entkreuzen der Beine, ein Schlurfen in Richtung Toilette, ein Sinken auf klapprige Stühle. Ignacio döste vor sich hin, der Kopf fiel ihm manchmal auf die Brust. Rechts von mir saß jemand, der aggressive Seufzer ausstieß, während er in einer Zeitschrift blätterte, die voll deprimierender Geschichten war, die aufmuntern sollten; ich hörte Gähnen, die beharrliche Musik des Minutenzeigers, dann ein ungeduldiges Aufstehen, Schritte Richtung Sekretärin, die Forderung nach einer Erklärung für die Verspätung des Arztes. Doris hob ihre Nase aus den Papieren, um uns alle mit antrainierter Kälte daran zu erinnern, dass man Zeit mitbringen müsse, wenn man diesen Augenarzt aufsuche, denn dieser Augenarzt behandele nur schwerwiegende Erblindungen, das heißt, sagte Doris und ahmte den Tonfall des Doktors nach, räusperte sich wie das Sprachrohr des Schreckens, das sie war, diesen Spezialisten interessierten nur Extremfälle, Augen *in extremis,* die außergewöhnlichen Scharfblick erforderten; Lekz, fuhr Doris fort und schluckte einen Keks herunter, den sie mit offenem Mund gekaut hatte, Doktor Lekz wolle sich jedes einzelne Auge genau ansehen, suche in der Netzhaut die sibyllinische Gegenwart anderer Leiden, etwa von Aids, Syphilis, Tuberkulose, und bei ihrer

Aufzählung entwirrte sie mit einem Finger ihre Mähne, schlecht therapierter Diabetes, Bluthochdruck, ja sogar Lupus. Denn die Netzhaut, fuhr sie fort und knüpfte weiter an ihrem perversen Netz, die Netzhaut ist unser Lebenslauf, der Spiegel unserer verhängnisvollen Taten, eine glatte, blanke Oberfläche, die wir uns im Laufe unserer Existenz systematisch verhunzen. Bei dem Schaden, den wir da angerichtet hätten, müssten wir nun warten, bis wir an die Reihe kämen, warten, ohne zu mucksen, oder einfach verschwinden. Der Augenarzt würde sich wegen keinem von uns beeilen, wiederholte sie. Er mache keine Ausnahmen, denn alles, was er sehe, sei bereits Ausnahme. Und das war von Doris nicht nur dahingeschwafelt. Ich hatte es selbst erlebt, während zahlloser Wartestunden in diesem Raum und dann im Sprechzimmer. Niemals hatte ich bemerkt, dass Lekz auch nur eine Silbe überstürzt oder verstohlen nach der Zeit geschielt hätte; keine Uhr hing bei ihm an der Wand, niemals klingelte sein Telefon, ein Handy hatte er nicht. Niemals wurde er unterbrochen. Es war die vollkommene Hingabe des Spezialisten, echter russischer Fanatismus, Erbe seiner sowjetischen Abstammung. Jedes Mal ging er von Neuem die Entwicklung des Patienten durch, erfragte Einzelheiten, notierte alles minutiös in seiner Mappe, allerdings in unbezwingbarer Schrift, und wenn er sich im Anschluss aufmerksam das Auge ansah, schien er aufzuleuchten. Verzückt saß er vor der Pupille, die seine erfahrene Helferin nach peinlich genauen Sehschärfemessungen für ihn geweitet hatte. Da ist Yuku, murmelte Ignacio, als hätte er meine Gedanken gelesen, da kommt sie den Gang herauf mit ihren Augentropfen. Ihre Mokassins schurrten über den Teppich. Sie blieb vor mir stehen, und ich richtete mich auf, da ich verstand, was ihre Zunge mir in für sie fremder Zunge sagte: ich solle den Kopf nach hinten lehnen. Ihre Finger schoben das Lid hoch, um mit japanischer Treffsicherheit zwei brennende Tropfen auf meine Hornhaut fallen zu lassen.

ob es aufklart

Lina, Lucina, rief Ignacio plötzlich erleichtert oder erschöpft oder verwirrt, Lucina, und verhedderte sich in meinen Namen, Lina, sein Rücken steif, sein Nacken verspannt: steh auf, Lekz erwartet dich. Da stand er neben der Tür, Lekz, damit ich eintreten konnte, während Ignacio sitzen blieb. Ich sollte mich auf den mechanischen Stuhl setzen, den ich den elektrischen nannte und den er mit den Füßen bediente. Er musste mich nicht erst auffordern, die Stirn gegen die Schiene zu drücken. Ich hatte zwei Jahre konstante Praxis hinter mir. Wir hatten diese Stellung eingehend geübt, er und ich, zwei Kämpfer im Ausdauertraining, hatten unsere Kräfte gemessen, Puls und Atem geprüft; er, indem er mich mit seinem mechanischen Auge untersuchte, ich, indem ich ihn mein Inneres inspizieren ließ. Meine Netzhaut mit Laserschüssen versengen, damit der jetzige Fall nicht einträte. Heute aber ließ Lekz sich Zeit damit, vor mir Platz zu nehmen, vermied die Routine, schob die Untersuchung hinaus und richtete sein Interesse auf den detaillierten Bericht der Nacht, der Party und der Tage danach, was ich gesehen hätte und was ich nicht mehr unterscheiden könne. Die Hand womöglich in der dichten Mähne vergraben, fragte Lekz forschend nach Blitzen, Schimmern, irisierenden Funken, wollte wissen, ob ich ein Pulsieren spürte, hinter dem Auge. Er hielt sich lange mit meiner Akte auf, bevor er sich setzte, endlich den Arm hob und mein Lid mit seinem Spezialistenfinger anhob; erst dann beugte er sich zum geweiteten Rund wie zu einem Schlüsselloch. Was sehen Sie, Doktor? Was sehen Sie gerade? Ich stellte eine Frage und verlangte ungeduldig nach Antwort, einem Räuspern, einem Geräusch, das mir einen Hinweis gab. Aber der Augenarzt ließ nichts als verblüffte Seufzer hören. Der Spezialist, das begriff ich nun, sah genau das Gleiche wie ich. Das gleiche blutige Nichts, das ich sah. Trotz seiner Linsen, die bis ins Unendliche vergrößerten, erkannte Lekz keinerlei Details auf meiner Netzhaut. Restlos resigniert lehnte er sich zurück und sagte, man muss warten, ob es aufklart, damit ich einen Blick auf die Katastrophe werfen kann. Und wenn es niemals aufklare, unterbrach ich ihn, wenn mein Körper das eigene Blut nicht mehr absorbiere? Wenn das nicht geschieht, antwortete er zögernd, wenn das nicht geschehen sollte, denn tatsächlich ist es sehr unwahrscheinlich, dass sich das Auge von selbst reinigt, sollte es also nicht verschwinden, dann müssen wir das Risiko eingehen und dich operieren. Blindlings, er. Ein Auge, dann das andere. Lekz hingen Wörterfetzen zwischen den Lippen, und in Fetzen baumelten ihm Wörtchen von der Nase, Fetzen unheilvoller Silben glitten ihm die Wange hinunter, die allesamt den sofortigen Eingriff verschoben. Ein Auge, dann das andere, aber nicht jetzt, sondern später, wiederholte er trocken wie eine Aufzeichnung, eine Maschine, bei der man die Wiederholungstaste gedrückt hatte, wenn auch seine Zunge im Innern weiter zu zucken schien; es war eine geschickte Zunge, die in mein Ohr vordrang mit ihrem zähen, noch warmen Geifer. Ich schluckte Luft, schluckte mich selbst hinunter mit meiner Frustration, meinem Groll, meinem blinden Hass auf dieses Leben, von dem ich mich trennen wollte, beherrschte mich, um ihn nicht zu vergiften mit meinem Zorn, und sagte mit einem dünnen Fädchen von Stimme, er solle mich aus der Ungewissheit befreien, bitte, mich in den Operationssaal bringen. In den OP, sofort, schon morgen, bitte. Meine Augen fühlten sich geschwollener an denn je und pochten. Wir müssen warten, entgegnete Lekz unerschütterlich. Warten auf was, Doktor, auf einen Spender? Aber nein. Von einer Transplantation, sagte er, sind wir noch weit entfernt. Langsam entwich die Luft aus mir, getroffen vom Kugelhagel der Medizin. Einen ganzen Monat musst du warten, beharrte er und notierte etwas in meine Akte. Nicht weniger als einunddreißig Tage, bis die Augen aufklaren und wir deinen Fall außerdem mit der Versicherung geklärt haben. Ich wiederhole, wiederholte er, unerbittlich, vor einem Monat können wir dich auf keinen Fall operieren. Und bis dahin, Doktor? Was mache ich bis dahin? Wolltest du nicht nach Chile, deine Familie besuchen? Fahr nach Chile. Mach Ferien.

Chile pur

Es war zu spät für eine Kapitulation: Ich würde zum verabredeten Termin nach Santiago fliegen und Ignacio nach Buenos Aires, wo er ein Seminar gab. Auf dem Rückweg, versprach er, werde er mich in Chile aufgabeln. Bürgen für unser Wiedersehen waren die Flugtickets, gedruckt und gefaltet in der Schublade. Den Weiterflug nach Bolivien hatten wir offengelassen, aber der war in der Praxis des Augenarztes ins Wasser gefallen. *Boulivia*, hatte Lekz gesagt und versucht, es mir ungefähr nachzusprechen, *Boulivia*, da sollten wir besser nicht hin, der hohe Luftdruck und der Sauerstoffmangel sorgten nicht nur für Höhenkrankheit, sondern könnten auch die Adern im Auge platzen lassen. Aber dafür hatte ich nicht erst bis hinauf nach La Paz reisen müssen, ein neunter Stock mit Blick auf die Lücke der Zwillingstürme in Manhattan hatte ausgereicht. Das Rot, erst in einem Auge, dann im anderen, hatte über die Route entschieden. Wir würden nicht nach Bolivien reisen. Ich würde auch nicht nach Argentinien mitkommen. Würde allein nach Santiago fliegen, ohne Schwanken, ohne Zögern, ohne Verzug: in wenigen Tagen ging es los, und dennoch. Von Chile aus häuften sich die Anrufe mit Telefonkarte oder als R-Gespräch, Anrufe, die drängten, ich solle meinen Flug vorverlegen. Solle mich bei ihnen operieren lassen, sie seien meine Familie, dieser turbulente Clan mit mediterranen Wurzeln, bis zu den Zähnen mit Liebe bewaffnet, bei ihnen könnten sie sich, ob gemeinsam oder abwechselnd, um alles kümmern. Mich bis in den Operationssaal begleiten, wenn nötig. Den Spezialisten Anweisungen geben. Mir während der Genesung Ratschläge erteilen. Unbewusst hatten sie sich gegen meinen inneren Frieden verschworen, gegen mein dringendes Bedürfnis, allein zu bleiben mit meinen Ängsten und meiner enormen Undankbarkeit. Mit mir und meinen dunklen Plänen. Aber das komme nicht infrage. Unterbrachen sie mich. Sie palaverten, ohne mich anzuhören. Versprachen Gebetsketten und Hausmittel, ohne auch nur einen Augenblick an den hoffnungslosen Zustand meiner Telefonrechnung zu denken. Sie schworen mir, meine Angst werde verschwinden, von der ihren niedergewalzt. Du mach dir keine Sorgen, wiederholten sie im Chor, ein aufgeregter Chor, zum Zerreißen gespannt, keinerlei, denn addiert und multipliziert und ins Quadrat erhoben würde die Familienangst meine eigene zerquetschen, die jedoch anwuchs, immer weiter, die wie Hefe aufging und eine erstickende Galle absonderte. Überall hatte ich Rot vor Augen: Das Wort Pflege glühte, das Wort Kontrollverlust brannte, Rückkehr war eine Gefahr und Operation in Chile eine Strafe, der ich mich nicht unterwerfen wollte. Ein Mal hatte ich mich bereits von diesem Arzt mit den aufgeblasenen Backen behandeln lassen, der vom Podest seines Hochmuts herab Augen examinierte. Du stehst kurz vor dem Platzen, hatte er deterministisch verkündet. Ich begreife nicht, weshalb du nicht schon völlig erblindet bist, denn jede Minute. Da kann man nur noch operativ entfernen, sagte er schließlich und blickte mich starr und unnachgiebig an, voll Ungeduld, ließ mich wissen, dass noch andere Patienten auf ihn warteten. Ich würde nie wiederkommen. Das hatte ich mir geschworen. Und hatte es ihnen gesagt, und doch ermahnten sie mich, von wahrer Atomenergie angetrieben, ihm eine zweite Chance zu geben. Mein Nein war kategorisch. Ein groß geschriebenes Nein. Am anderen Ende der Leitung klagten sie über meine fehlende Willenskraft, meine fehlende Rücksicht, über meine Fehler im Allgemeinen: über meine Abwesenheit, mein Desinteresse, meine Verachtung der Religion. Ich war schuld an der überstürzten, womöglich verkehrten, aber nun schon lang vergangenen Entscheidung meiner Eltern in ihren Dreißigern, nach all den glücklich verlebten Jahren nach Chile zurückzukehren, als ich. Ihre ganzen Pläne aufzugeben, als bei mir. Der Satz blieb in der Schwebe, hing bei jedem von ihnen zwischen den Zähnen. Niemand sagte: diese Krankheit von dir. Niemand sagte, die Untersuchungen, die Diagnose, die täglichen Injektionen, die Spezialdiät, die für meine Mutter so anstrengende Betreuung und das Leben fern der helfenden Familie. Sie sprachen nicht von der schweren Entscheidung, die hervorragende Stelle in dem Krankenhaus aufzugeben, in dem Verschwendung an der Tagesordnung gewesen war, sprachen nicht von dem Vermögen, das meine Eltern angehäuft hätten, wenn ich. Sie sagten es nicht, aber diese Wahrheiten baumelten am Faden der Pausen. Wahrheiten, die im Wind schwangen. Es war ein Schlag ins Gesicht, dass ich drei Jahrzehnte später in ebendiese Stadt zurückkehrte, im Alter, in dem meine Eltern sie verlassen hatten. Für diese Kränkung bezahlte ich womöglich mit einem neuen technischen Versagen meiner Anatomie. Sie deuteten an, dass die Rückkehr nach Chile zu meinen Eltern das

Angemessene war. Sie sagten es unterschwellig, während der Minutenzeiger der internationalen Telefonrechnung raste, und sagten es schließlich offen, während ich vor mir sah, wie mein Körper von der Leere angesaugt wurde, wie mein mit Muskeln und Fett überzogenes Skelett rasend schnell Richtung Chile stürzte, die Haut immer gespannter, das Haar elektrisiert, all meine Einzelteile von der nationalen Schwerkraft angezogen, ich als amorphe Masse, die beim Aufschlag den ganzen Rest meiner zahlreichen Familie umreißen würde. Ich würde auf sie prallen und sie umreißen, einer nach dem anderen würden sie auf der Tischplatte umfallen. Einer nach dem anderen, angeschoben vom Gewicht meiner Mutter, die der stärkste Stein unseres Dominos war und zugleich der zerbrechlichste.

Erpressung

(Zwischen uns war dringend eine Pause nötig. Gleich nach der Pause geht es weiter, hieß es in den Filmen während der Diktatur, und dann wurden die heißen Szenen einkassiert und kehrten nie wieder. Eine lange Pause, und wir sehen weiter, dachte ich in meiner Ungewissheit. Eine Zeit, in der wir uns nicht sehen, nicht telefonieren sollten, damit du nachdenken konntest. Ich selbst hatte diese Pause beschlossen, setzte darauf, dass die Unterbrechung wie die schwarze Magie einer Liebesbeschwörung wirken würde. Das dachte ich mir, doch wer weiß, was du dachtest, als du wohl oder übel in den Pakt des Schweigens einwilligen musstest. Wir dachten jeder für sich, zur gleichen Zeit. Jeder dachte etwas anderes, aber manchmal auch das Gleiche. Und ebenso dachten deine Freunde für dich. Durch Distanz müsse man diese Schererei aus der Welt schaffen, dieses ethische Dilemma, diese emotionale Erpressung, der dich die Blinde da aussetzt. Alle konfrontierten ihn damit, auf ihre Weise. Carmen, die mit der einen Hand Prüfungen korrigierte, mit der anderen im Topf ihren *Ají de gallina* umrührte und das Huhn abschmeckte, während sich ihr Mund über den elenden Vater ihres Sohnes beklagte. Osvaldo, der gerade eine Hochzeitsfeier plante, an der wir nicht teilnehmen würden. Gaetán, der gerade für sein nächstes Ballett trainierte, sich aber nicht auf die Schritte konzentrierte, sondern lauthals und nervös vor dem Spiegel lachte. Unterdessen rauchte Julián zu Hause eine weitere Zigarette und tuschelte über die Tastatur mit Carmen, die sich mit der Antwort Zeit ließ, da sie erst alles an Osvaldo weiterleiten musste, der es dann Gaetán, dem anderen Bräutigam, sagen würde. Laura beantwortete gerade Mails, während sie müde oder auch gelangweilt ihre Seminare für die Sommerakademie vorbereitete. Mariana schminkte sich die Lippen, bearbeitete die eingerollten Spinnen ihrer Wimpern und lächelte sich zu, schürzte dann den Mund, schnitt Grimassen, erwog vor dem Spiegel, welches die richtige Miene war und wie man richtig an diese Angelegenheit dachte – teilnehmend? Tückisch? –, und erzählte dem Spiegel von deinem schlimmen Pech. Von deinem schlimmen Auge. Von dir, der du mein Blindenführer sein würdest. Das sagten sie einander, aber Arcadio ging weiter, war so kühn und sagte es dir im Café an der Ecke seelenruhig ins Gesicht. Ohne Aufregung, ohne Erschütterung, ohne Haareraufen, denn er hatte sich gerade kahl scheren lassen; dabei biss er in einen Waffelkeks, dünn wie eine Hostie, tat eine Prise Zucker in seinen Espresso, einen Tropfen Sahne oder vielleicht Magermilch, machte eine kurze Pause, geblendet vom Glanz seines eigenen Schädels. Sie ist, sagte er und machte wieder eine dramatische Kunstpause, sie ist nicht deine Freundin, sondern deine Erpresserin. Und er nahm einen Schluck von seinem Kaffee. Das zu hören, hat dich verstört, hat dich in einen anderen Ignacio verwandelt, und dem schrumpfte das Trommelfell ein, dem zog sich das Zahnfleisch zusammen, dem vertrocknete die Zunge. Einen Moment lang war er wie erstarrt, die Zigarette zwischen den Lippen, mit einem plötzlichen Stechen in der Magengrube. Dieser Ignacio bezahlte seinen Teil der Rechnung und verschwand voller Wut, aber vor allem voll Übelkeit, versprühte Säure, krank vor Ekel. Sein Hirn wand sich wie eine lebende Auster im Zitronensaft. Aber auf seine Art, auf seine erbarmungslose, seine schroffe, beleidigende, auf seine beschissene Art hatte Arcadio doch etwas Wahres gesprochen, etwas, was auch ich schon gesehen hatte, in all meiner Blindheit. Er hat recht, sagte ich, nachdem ich gehört hatte, wie du gegen die Tür getreten und das Glas mit den Säureblockern aufgeschraubt hast. Recht hat er, wiederholte ich und pflanzte dir mutwillig den Groll gegen die Deinen ein. Alle denken so, sie sprechen es nur nicht aus, oder merkst du nicht, wie sie in letzter Zeit mit dir reden und was sie sagen, wenn sie anrufen, und dass ich in den Gesprächen nicht vorkomme? Ich fuhr fort, mühselig die Socken von den Wollstrümpfen zu trennen, die Chiles hartem Winter trotzen sollten. Arcadio hat nichts gesagt, was du nicht selbst schon weißt, fügte ich hinzu, damit sich etwas zu deinem strengen Schweigen gesellte, und eisern legte ich lang- und kurzärmlige T-Shirts und meine Jacke zusammen. Allesamt schwarz, buchstäblich schwarz, aber auch schwarz wie der Hass, den ich ihnen allen entgegenbrachte, besonders Arcadio. Dein Freund da, ich hieb ungeniert weiter in die Kerbe und spürte, wie du dich mit Gas anfülltest, kaum mehr atmen konntest, dieser Arcadio hat den Nagel auf den Kopf getroffen. Und du hast meinen halb vollen Koffer mit Tritten bearbeitet und völlig außer dir gesagt, den Nagel, den kann er sich sonst wo reinrammen, scheiß drauf.)

Rollstuhl

Die Zeit überstürzte sich. Duschen. Zähneputzen. Gesichttrocknen. Volle Koffer, die beim Schließen schwer ausatmeten. Ein dominikanisches Taxi per Telefon bestellt und das anschließende Eintreffen des Wagens, der alles sein konnte, nur nicht gelb. Der Fahrer, der ein karibisches Spanisch sprach, richtete kaum ein Wort an uns, drehte das Radio auf und knebelte uns mit einem Merengue, der auch eine Bachata sein konnte. Mein Kopf war bereits auf Reisen gegangen, nur das Gerüst meines Körpers lehnte da ausrangiert auf der Sitzbank hinten. Wir begannen, mentale Meilen und Schweigen zwischen uns zu schieben, obwohl wir weiterhin mit einem unsichtbaren Gummiband verbunden waren. Vor mir befand sich nur ein nebelhaftes Bild, doch mit Grauen, mit Entsetzen, mit echter Bestürzung sah ich in dem Moment, dass ich gleich all das verlieren würde, was mir Ignacio garantierte. Ich würde nicht mehr seine Arme haben, die mich führten, seine Beine, die mich lenkten, seine Stimme, die mich warnte. Würde nicht mehr auf seinen Blick zählen können, um meinen fehlenden zu ersetzen. Ich würde noch blinder sein. Ich wusste, dass ich mich an Ignacio geschmiegt hatte wie Efeu, ihn mit meinen Tentakeln umrankt und eingewickelt hatte, an ihm haftete wie ein Saugnapf, der hartnäckig an seinem Opfer klebt. Der bevorstehende Flug war eine Klinge, die zwischen uns fuhr, je näher wir dem Flugplatz kamen, und mein Adrenalin sprudeln ließ. Der Schnitt entstand, wurde zur tiefen Wunde, und das Taxi setzte uns beim Terminal ab, Ignacio bezahlte und kümmerte sich um meinen Koffer. Sie entstand oder war schon entstanden, diese Wunde, als wir in Zeitlupe in der Schlange zum Flugschalter vorrückten. Dann ein *fast forward*. Ignacio übernahm die Passformalitäten, zeigte mein Studentenvisum vor, das dazugehörige I-20, verlangte einen Gangplatz für mich, obwohl ich früher das Fenster gewählt hätte, damit ich beim Abheben die Wolken betrachten konnte, dann übergab er mein Gepäck dem Personal am Förderband, nahm mich bei der Hand und verkündete, der Stuhl sei da. Was für ein Stuhl? Ich fing zu lachen an, hör auf zu lachen, sagte Ignacio, das ist kein Witz. Ein Stuhl? Ein Rollstuhl? Warum hast du einen Stuhl bestellt? Ich habe zwei Beine! Ignacio schlang seine Arme um mich, während ich mit flatternden Ellbogen dagegen ankämpfte, aber energisch umwand er mich und war auf einmal eine Zwangsjacke, eine Jacke, die nach Aschenbecher roch, nach altem, saurem Schweiß, eine Jacke, die mich nicht nur quetschte, bis es in mir knackte, sondern mit Küssen bedeckte, auf Schläfen, Nase, Ohr. Die Zwangsjacke flüsterte kaum hörbar auf mich ein und überzeugte mich, dass es besser sei, wenn eine Flughafenangestellte mich durch die Immigration steuerte und zum Gate brachte. So müsse ich niemandem die Hand geben. Ein Rollstuhl, knurrte ich, schluckte den Speichel hinunter und fegte mir eine Strähne aus dem Gesicht. Lina, schnaubte meine Zwangsjacke wieder, zerhackte oder zerquetschte meinen Namen, Lini, alles wird gut, ich verspreche es dir, weine nicht, *pliiis*, ich fühle mich beschissen dabei. In einem Wimpernschlag hast du die Anden überquert und bist in Chile, fuhr Ignacio fort, als wäre das ein Trost. In ein paar Tagen komme ich nach, fügte er hinzu und lockerte schließlich die Arme. Da nickte ich, setzte mich, pfropfte mir eine übertriebene Sonnenbrille ins Gesicht, der Stuhl rollte rückwärts los, und seine Stimme ging in der Menge unter, während ich zum ersten Mal hemmungslos schluchzte.

bis hundert zählen

Ignacio ist immer noch auf dem Flughafen, eine Grimasse der Verwirrung quer im Gesicht. Ignacio unter der Leuchttafel. Abflug. Ankunft. Seine Brille schimmert über den nun leeren Augen. Es ist ein gealterter, zerrütteter Ignacio. Ein Ignacio voller Risse, wie eine alte Statue, die jeden Moment zerbröckeln kann. Sein hochgekrempeltes Hemd, seine verschlissenen Leinenhosen, seine Schuhe aus stumpfer Bronze an die Fliesen montiert. Jahrhunderte sind vergangen, denke ich, und da steht er immer noch, bedeckt von der Asche oder dem Staub meiner Abreise, klammert sich an den Kuss, den ich ihm von Weitem zugeblasen hatte, trotzt dem wirren kosmopolitischen Rumoren. Die leeren Hände sehnen sich wie nie zuvor nach einer Zigarette zwischen den Fingern. Ich hatte mich in Luft aufgelöst und ihn bereits vergessen, bahnte mir einen Weg durch die Reisenden, geschoben von einer Frau mit stählernem Willen. Sie musste fettleibig sein, diese Frau, denn sie ging schleppend, schlurfte, klagte. Würde aber nie klein beigeben. Mit der Hundelaune einer jeden guten Beamtin führte sie ihre Mission zu Ende. Sie kannte jeden Winkel des Terminals, alle Regeln des Sicherheitsbereichs, jeden einzelnen der Angestellten. Ihre mächtige Stimme einer Schwarzen öffnete uns den Weg vor jedem Hindernis, direkt bis zur Flugzeugtür. Mit einem mürrischen *there you go, ma'am* komplimentierte sie mich hinaus. Ich schnellte hoch, wie von einer Sprungfeder getrieben. Allein. Ohne die Stewardessen um Hilfe zu bitten, ertastete ich die Lehnen, zählte die Reihen bis zu meinem Sitz und konnte mich fallen lassen. Die Passagiere verstauten unterdessen ihre Koffer, Reise- und Handtaschen, Jacken und Westen und alle möglichen Riesenobjekte, die in den Gepäckfächern kaum Platz fanden. Sie sprachen vom Übergewicht, lachten, entschuldigten sich diplomatisch, wenn sie einander auf die Füße traten, darf ich durch, *ay, sorry, thank you*, verflixt, das Scheißding will nicht reinpassen; ihre Stimmen verwickelten sich in einem wirren Knäuel von Wörtern. Ich hatte nur meinen Rucksack mit der vorbereiteten Spritze; und zu der griff ich nun, zog die Kappe ab, stach die Nadel wohin auch immer, drückte den Kolben, ohne auf das unbehagliche Lufthohlen der anderen zu achten. Dann schnallte ich mich an, in der Hoffnung, auf dieser Reise durch die Nacht wenigstens für eine Weile zu sterben. Aber noch sollte ich keinen Schlaf finden, unglücklicherweise. Denn ich merkte auf einmal, dass meine Beine zuckten, eine seltsame, doch mächtige Kettenreaktion ließ meinen ganzen Körper erzittern. Meine Knie schlugen aneinander wie Zimbeln. Meine Zähne klapperten. Halt, halt, sagte ich mir, was soll denn das? Habe ich Schüttelkrämpfe? Aber es waren keine Krämpfe, sondern ein elektrischer Strom, den mein Nervenzentrum intermittierend aussandte. Das hatte gerade noch gefehlt, dachte ich, trat aus mir selbst heraus und packte Lucina, die Lucina, die ich war und die nach Chile reiste, packte sie so, bei den Schultern, und rüttelte sie heftig, sagte ihr, also mir selbst, jetzt nicht, Lucina, keinen Scheißnervenzusammenbruch, mach mir hier keine Szene, man befördert uns noch mit einem Fußtritt hinaus, und wir bleiben auf dem Flugplatz zurück. Sofort, sagte ich ihr und damit mir, fängst du an, bis zehn zu zählen oder bis hundert, und zwar rückwärts, sofort, na los, jetzt wird gezählt. Und das tat ich, begann aber bei eins, zählte schnell bis sechs, und als ich bei zehn angekommen war, machte ich weiter, ohne innezuhalten, denn mein rebellischer Körper ließ sich immer noch nicht unter Kontrolle bringen: das Zittern wurde heftiger. Also ging es von fünfunddreißig bis siebenundsechzig, und als ich bei hundert angekommen war, fing ich von vorn an, aber auf Englisch, *three five six*, und mir fiel ein, als säße ich wieder in der Schule, dass ich mit sieben Jahren immer so gezählt hatte, bei meiner Rückkehr nach Chile. In New Jersey hatte ich mein Spanisch vergessen. Später, in Santiago, mein Englisch. Jetzt, dachte ich, vergesse ich mich gerade selbst. Ich holte Luft, hielt mir die Nase zu, versank in der Zahlentrance dieser geteilten Kindheit, erreichte so erneut die hundert und fing noch einmal von vorn an, in einer meiner Sprachen, dreiunddreißig, dreiunddreißig, dreiunddreißig.

die Kralle

Weiterzählen, auch am nächsten Morgen. Weiterzählen anstatt für den Rückweg Steinchen fallen lassen oder Brosamen, die die Vögel gefressen hätten, wenn ich nicht durch ein Flugzeug, sondern durch einen Zauberwald gegangen wäre. So rückte ich vor, zählte Sitzreihen, auf der Suche nach der Toilette. Vierundzwanzig. Alles unter Kontrolle, sagte ich mir, während ich über dem Becken des chemischen Klos das Gleichgewicht zu halten versuchte. Auf dem Rückweg begannen die Turbulenzen, und meine Hand wurde zur Kralle, die im Leeren ungeschickt nach einer Lehne tastete, aber stattdessen auf etwas Warmem, Weichem, Fleischigem landete. Meine Geierfinger mit ihren ungeschnittenen Nägeln waren an eine Schulter geraten. Oder an eine Brust. Oder es war ein Ohr. Ein schlafender Körper, den ich eben wach gerüttelt hatte. Verzeihung, stammelte ich, auch wenn ich gar nicht wusste, wohin, Verzeihung, und versuchte vergebens – oder tat eher so –, die Kralle von dem Mund zurückzuziehen, der sich mit einem Mal geöffnet hatte, um eine Klage auszustoßen. Was macht die Idiotin da, hörte ich ihn sagen und dabei die anderen aufwecken. Um nicht hinzufallen, ließ ich meine Hand nach oben wandern und gelangte zu einer Stirn voll rauer, ungeduldiger Falten, wo ich mich, bei entsetzlichen Turbulenzen, wieder festkrampfte. Als sie begriff, wie prekär mein Gleichgewicht mit weit vorgebeugtem Rumpf war, griff die Frau fest nach meiner Hand, löste sie Finger für Finger von ihrem Gesicht und drückte sie zum Platz, der mir gebührte. Da ist Ihr Sitz, murrte sie überdeutlich, als würde ich gar nichts begreifen, als wäre ich zurückgeblieben oder, noch schlimmer wohl, eine Gringa. Mach einen Schritt zurück, fügte sie hinzu und murmelte, vielleicht zu ihrem Begleiter, soll sie doch die Brille abnehmen, dann sieht sie vielleicht was. Dieser fraglos chilenische Akzent umfasste das Gletschergedicht der Andengipfel mit ihrem ewigen Schnee in der Schmelze, das dunkle Rauschen des Südens, übersät mit wucherndem Mammutblatt, die Klage der kleinen Schreine am Straßenrand und den Geruch nach Steinbrüchen, nach den rauen Salzen der Wüste, die schwefelige Kupfermuschel unter freiem Himmel. Das ganze Land erstand im scharfen, schwankenden Ton dieser Reisenden wieder auf, die mit einem Mal, als ich die Brille hochschob, verstanden hatte. Blind? Es bestand kein Anlass, zu erklären, dass ich nicht völlig blind war, dass ich Kontraste ausmachen konnte. Ich wusste, dass die Stewardess die Blende eines Fensters hochgeschoben hatte, das mich mit seinem Lichtrechteck belagerte, wusste, dass es ein anderer wieder verdunkelt hatte und dass der Lichtstrahl eines Films flackerte. Ich war eine Blinde, die Schimmer ausmachen konnte und schon von Weitem das fremde Mitleid, das dem Erstaunen folgte. Blind? Bei diesem Mitleid knisterte ich vor Hass. Blind! Wiederholte sie. Setzen Sie sich, beharrte die Frau, aber ich konnte mich nicht bewegen. Ihr Erbarmen hatte mich gelähmt. Hatte mich festgenagelt, während meine Erinnerung blitzschnell in die Vergangenheit reiste. Die Frau dachte wohl, ich hätte nicht verstanden, sie hob wie bei einem Hund, den man im britischen Englisch dressiert hatte, die Stimme und rief, *sit*, Señorita, Sie fallen noch hin, *sit! Shit*, dachte ich, aber anstatt sie zu beschimpfen, murmelte ich ein kurzes Ja, gefolgt von einem Ja, ich habe Sie gehört, Señora, und sogar verstanden. Ich spreche dasselbe Spanisch wie Sie. Ich drehte mich um und setzte mich betont umständlich hin, verband mich mit meinem Walkman, um irgendein Buch zu hören, schnallte mich an und zog den Gurt fest, bis ich fast erstickte.

Verbindungen

In einen anderen Rollstuhl versunken, wäre ich liebend gern ein Gespenst gewesen, das heimlich zurückkehrt, um alte Schulden zu begleichen, und das nicht ungeschickt gegen die Welt stößt, sondern sie durchquert, ohne sie zu spüren. Aber während es durch den Flughafengang rollte, merkte dieses Gespenst, das ich gern gewesen wäre, so erschrocken und verblüfft wie ich, dass ich wieder Gestalt angenommen hatte. Ich war erkannt worden. Jemand schrie dieses Lucina, das im Verzeichnis der Heiligennamen als etymologische Fehlschreibung aufgeführt wird, neben Lucila, Lucita, Lucía oder sogar Luz, das schon Luzifer heraufbeschwört, den lichtbringenden Teufel. Unter der halluzinogenen Wirkung der Anästhesie hatte meine Mutter, die bis dahin nur den Lehren der Kinderheilkunde gefolgt war, zu hören gemeint, dass die Tochter, die ich gerade zu sein begann, einen Namen gelallt hatte. Lucina!, rief meine Mutter, als sie mich zwischen ihren Beinen schreien hörte, und wiederholte es verzückt, um ganz sicher zu sein. Lucina. Auch ich war so einem Wahn erlegen, denn denselben Namen schien ich im Gang zu hören. Lucina. Die Dezibel stiegen. Lucina! Er eilte dem Körper voraus, der ihn aussandte, wie ein Blitz, der um Sekunden dem Donner voraus ist. Mit Lichtgeschwindigkeit verfolgte er mich. Lucina? war zu hören, zweifelnd, immer näher, forschend und nasal bahnte er sich einen Weg durch die Leute. Ich spürte ein aufgeregtes Atmen und dann ein krampfartiges was? ... ist passiert ...? Ohne eine Antwort abzuwarten, die ich nicht zu geben gedachte, wiederholte er das Gleiche, wenn auch kohärenter, was ist mit dir geschehen, Lucina, immer noch außer Atem vom Laufen. Warum sitzt du im Rollstuhl? Hast du dir etwas gebrochen? Am liebsten wäre ich samt Rädern und Hebeln in die Zukunft gesprungen oder in den Abgrund der Vergangenheit, aber nein, ich widerrufe, dachte ich sofort, nicht in die Vergangenheit. Der Eigentümer dieser Stimme konnte nur aus einer vergangenen Zeit stammen, in die ich nicht zurückkehren wollte. Es gab kein Entkommen. Der Angestellte, der mich schob, hielt an, um dem quälenden Verhör seinen Lauf zu lassen. Ich spitzte die Ohren, konnte aber die Stimme im Nebel meiner Jugend nicht orten. Ohne Fragen, die mich verraten hätten, suchte ich in seinen Worten nach Anhaltspunkten. Er habe mich erst gar nicht erkannt, wegen der Sonnenbrille. Als wärst du eine Agentin der DINA, sagte er, korrigierte sich aber gleich. Bist du inkognito hier? Eher als syphilitische Blinde, sagte ich mir und flehte innerlich, er möge endlich abhauen. Als hätte er die Ungeduld erraten, die wie Unkraut in mir wucherte, korrigierte er sich noch einmal, die steht dir aber fantastisch, ist die aus New York? Aus China, murmelte ich in mich hinein, made in China oder Taiwan oder irgendwo in Indien. Direkt von der Straße importiert. (Du hast sie mir geschenkt, Ignacio, jetzt trägst du die gleiche.) Wir schwiegen. Der Angestellte setzte den Rollstuhl wieder in Bewegung, aber der Befrager weigerte sich, die Szene unserer missglückten Wiederbegegnung für beendet zu erklären. Lauthals füllte er die Pause und sagte, New York sei eine fan-tas-tische

Stadt, die Dinge, die dort geschähen, seien un-glaub-lich, wahn-sin-nig, wie konnten auf ein und derselben Insel so exzessiv reiche Leute neben Bettlern leben, wie man sie nicht mal mehr in Chile sah? Ein ganzer Trupp von Pennern sei mit ihm in die U-Bahn gestiegen, die seien bestimmt übers Drehkreuz gesprungen, habe er gedacht, aber später begriffen, dass sie in den Waggons oder auf den Bahnsteigen schliefen oder zwischen den übergewichtigen Ratten, die wie Nutrias aussahen. Ich hörte ihm zu und fragte mich, ob er noch nichts vom ungezügelten Kapitalismus gehört hatte, vom Bankrott des Staates und vom Schließen der Obdachlosenheime. Ich blieb stumm, denn nun war er zum Grund seiner Reise gekommen. Der elfte September. Der erste Jahrestag. Eine Sonderreportage. Wenn ich nur gewusst hätte, dass du da warst, sagte er, du warst doch da, nicht wahr? Denn niemand habe mit ihm reden wollen, niemand, bis er endlich an der richtigen Strippe gezogen habe. Du machst dir keine Vorstellung, sagte er und beließ es dabei. Dann lancierte er zwischen uns das Wort Erfolg. Ich bastelte mir daraus einen aufgeblasenen Reporter zusammen, der vor Aufregung keine Luft bekam, während er weiterredete. Ich habe Leute am Rand der Gesellschaft entdeckt, illegale Immigranten, ein paar Chilenen! Ver-schwun-de-ne, sagte er, und ich verinnerlichte dieses abgegriffene Wort, indem ich mir einen Augenblick lang wünschte, selbst zu verschwinden. Wir fuhren eine Rolltreppe hinunter, er stand hinter mir und sagte, das hat noch keiner gezeigt, aber ich werde es tun, mein Team und ich, obwohl mein Name drunterstehen wird. Der Name. Wer war er bloß, dachte ich, und so egal es mir war, meine linke Gehirnhälfte ging im Schnelldurchgang das Archiv alter Namen und vergessener Gesichter durch, während sich die rechte ebenso eifrig und ohne zu erröten fragte, ob er es gewesen war, der mir damals den Segen des Übergangs zur Demokratie, diesen Kuhhandel, hatte verkaufen wollen. Ich hatte wohl seinen Erfolg masturbiert, auf der Rückbank einer Ente, bevor ich ohne Erklärungen verschwunden war und nur meinen Namen zurückgelassen hatte. Und wann wird deine Reportage gesendet, fragte ich, um etwas zu sagen, ohne daran zu denken, dass es bloß der elfte September sein konnte. In zwei Monaten. Die Leute, rief er aus, werden endlich die Wahrheit erfahren, und der Angestellte, der den Stuhl nun hastiger schob, bremste plötzlich und ließ mich nach vorn schnellen. Was für eine Wahrheit, bitte schön, fragte er herausfordernd, als läse er meine Gedanken, allerdings mit peruanischem Akzent. Die Verbindungen zwischen unserem Elften und ihrem! Liegt doch auf der Hand. Und damit wandte sich der Reporter wieder an mich wie an eine Mitverschworene seiner Zunft, er der Journalist, ich die Exjournalistin, und kam zum Höhepunkt: Ist das nicht ein Wahnsinnszufall, das mit dem Elften? Das ist kein Zufall, keine Wiederholung, sagte ich voll Überdruss. Es ist nichts weiter als ein seltsames Doppelbild.

Rettungsoperation

Mein Vater kommt zu meiner Rettung und holt mich aus der Versunkenheit. Ihm gehört die Hand, die als Klemme meine Schulter packt. Ihm gehört das fragile Skelett, der lange Oberschenkelknochen, an den ich mich klammere. Er beugt sich herab, um mich auf die Stirn zu küssen, und ich strecke die Finger aus, um über sein Gesicht zu fahren und es in meine Handfläche zu pausen. Ich taste ihn ab wie die professionelle Blinde, in die ich mich gerade verwandele. Da ist mein lebendiger Vater, denke ich, lebendig im Innern seines Körpers. Dann sickert seine Stimme das Wort Tochter, *hija*, durch den Lärm der Passagiere, die auf ihre Koffer warten, und an meinem Trommelfell hallt der erleichterte Satz nach: Ich musste ganz schön hartnäckig bleiben, damit ich dich hier drinnen suchen durfte. Ich stelle mir vor, wie er dem Angestellten ein Trinkgeld zuschiebt, damit er sich verdrückt, und überwältigt sagt er: wieder beisammen, Lucina, *hija*. Er sagt es voll Hoffnung und Kummer, und ich weiß, die Hoffnung ist für die Tochter, der Kummer für Lucina. Niemand versteht es wie mein Vater, beides in einem Atemzug mit Spucke zusammenzuleimen: an mir haftet die Tochter, sie klebt wie ein pulsierender Schatten an meinem Rücken. Diese Tochter und ich, wir sind für ihn ein und dieselbe Person in ein und demselben Dilemma. Jetzt mustert er uns sicher ernst, mein Vater, versucht nichts zu fühlen, gibt vor, ein Mann aus Pappmaschee zu sein. Würde ich ihn abhorchen, könnte ich hören, wie die Körperwände das Echo seiner Worte zurückwerfen. Aber mein Vater ist nicht ganz hohl im Innern. Auf Höhe seiner Brauen, genau hinter seinen Augen, arbeiten diverse Maschinen: ein großartiger Motor, der ihn langsam vorantreibt, ein Uhrwerk von extremer Pünktlichkeit, ein gewaltiges Gedächtnis, das Platz für alle Einzelheiten bietet, die unerlässlichen wie die unnützen. In einem dunklen Winkel seines Körpers findet sich auch ein gestraftes Herz, von dem niemand weiß, außer vielleicht insgeheim meine Mutter. Aber zwischen diesen Maschinen lauert das Risiko des Versagens. Wenn der Druck zunimmt. Wenn eine akute Emotion. Ein Warnzeichen, und dann. Der Gedanke erschreckt mich, die Verschlossenheit meines Vaters könnte ein Kurzschluss sein. Ein Sprachkurzschluss mit Namen Verstummen, ein Konzentrationsstopp, der verhindert, dass wir sein Haus erreichen. Es ist kein Geheimnis, dass mein Vater seine Probleme durch Ablenkung löst. Er steigt in seinen alten Dodge wie ein Crewmitglied in sein Raumschiff und nimmt die Außenwelt nicht mehr wahr; in dieser Trance führt er lange Gespräche mit sich selbst oder hält Vorlesungen über innere Medizin, diktiert Vorträge und diskutiert, argumentiert, gestikuliert, bis er sich auf dem Parkplatz des Krankenhauses wiederfindet, in dem er noch immer arbeitet. Er ist pünktlich eingetroffen und weiß nicht, wie, auf welchen Straßen, über welche Ampeln. Er könnte gut und gern eine Katze überfahren haben und es nicht wissen. Aber er steigt aus dem Wagen, und schon erfüllt er seine eigentliche Funktion, die des unfehlbaren Arztes in Sachen Herz. Herzen in organisch prekärem Zustand. Herzen, die Schrittmacher benötigen. Verstopfte Halsschlagadern. Verkalkte Arterien. Und da mein Vater sich ausschließlich nicht liebesbedingten Herzkatastrophen widmet, kann er über kaputte Netzhäute nichts sagen. Ich weiß, dass er aus Gewohnheit die Untersuchungsergebnisse von mir verlangen wird, und ich, immer noch in meinem Rollstuhl, stelle mich seelisch darauf ein, ihm beizubringen, dass ich sie nicht mitgebracht habe. Ich habe nichts mitgebracht, Papa, sage ich. Überhaupt nichts?, fragt er, und ich, nein, keine Angiografie, keine optische Tomografie, kein Bild des Augenhintergrunds. Ich habe Hunderte brutaler Bilder zurückgelassen. Habe die Gesichtsfeldmessung zurückgelassen, weil sie deprimierend war. Habe von keinem einzigen Bericht eine Kopie angefordert. Du hättest nichts damit anfangen können, sage ich und beende das Gespräch. Mein Vater wird vermutlich nachdenklich und murmelt dann, verstehe, Luci, *hija*, fast ein Murren. Nie wollte ich, dass du mein Arzt bist; als Vater bist du mir mehr als genug. Das Schweigen ist so drückend, dass es zu ächzen scheint, mein Vater löst es auf, indem er sagt. Nicht ich wollte sie sehen, ich würde nichts davon verstehen, bestätigt er betrübt. Die Augen von heute sind nicht mehr wie früher. Erneut schweigt er und wirft einen Blick, da bin ich mir sicher, auf das reglose Band, noch ohne Koffer. Dann sagt er zu mir oder eher zu sich selbst, da sein Murmeln kaum hörbar ist: Vor einem halben Jahrhundert waren die Augen noch anders. Wir haben sie uns mit bloßem Auge angesehen, und wie wenig haben wir darin entdeckt. Die Medizin, die ich studiert habe, ist überholt, erklärt er, und das stimmt. All das blieb am Rand eines steinigen Weges zurück, wo verbogene, verrostete Schilder mit dem Wind kämpfen. Mein Vater ist eine aussterbende Spezies. Er kann nichts tun, als zur Gepäckausgabe zu gehen und meinen Koffer für mich zu finden. Das Band setzt sich in Bewegung, fängt an, Gepäckstücke verschiedener Größen auszuspucken, und mein Vater fragt mich mit dieser Gelassenheit, die ihm so eigen ist, nach der Farbe. Blau, sage ich, mit Rollen. Das ist alles, und das ist genug. Hier ist er, jetzt können wir wirklich los.

alter Pyjama

(Das ist der Vater, den ich dir bei deiner Ankunft vorstellen sollte, Ignacio. Ein Mann, den eine grau melierte, krause Mähne krönte, die einmal üppig gewesen war, sich nun jedoch lichtete; der Wind fuhr ihm ins Haar, zerzauste ihn, gab ihm den Anstrich eines zerstreuten oder traurigen Physikers, groß, aber gebeugt von der Last all der Tode unter seiner Obhut, die das Leben ihm aufgezwungen hatte. Mein Vater ging grübelnd vor sich hin, zog meinen Koffer und machte seine langen, uneinholbaren Schritte, ohne zu merken, dass ich an seinen Arm geklammert hinkte. Ich war ohne Vorwarnung gealtert, mit Beschwerden überladen, die neurotische Steifheit der Hüfte war während des Fluges schlimmer geworden. Jede Bewegung löste einen heftigen Stromschlag in der Leiste aus. Ich kann nicht so schnell, Papa, warte doch, sagte ich. Sind gleich da, antwortete er leicht abwesend, ohne meine Beschwerden zu bemerken, versunken in die Berechnung der Distanz: Es sind nicht mehr als hundertvierundzwanzig Meter und ein paar Zentimeter bis zum Flughafeneingang, dann fünfzehn bis zum Parkautomaten, verkündete er mit militärischer Präzision, während ich auf den kalten Winterfliesen meine Beine vorschob wie ein Pinguin. Ich ließ seinen Arm los: er solle vorausgehen. Ich kann nicht. Mein Vater verkürzte seine Schritte und nutzte meine übertriebene Langsamkeit, um wieder auf das Medizinische zurückzukommen. *Hija*, sagte er sanft und folgte einmal nicht seinem autoritären Instinkt, wäre es nicht besser, du lässt dich in Chile operieren? Ich biss mir auf die Lippen, Ignacio, ich zerbiss sie mir, wollte ihm nicht sagen, dass ich nicht gekommen war, um weitere ärztliche Meinungen einzuholen, ich war zu mehr als genug Praxen gepilgert und jedes Mal mit noch mehr Ängsten herausgekommen. Ich war hier, um ihnen zu sagen, dass ich sie brauchte und dass ich sie nie wieder brauchen wollte. Papa, murmelte ich, diese Diskussion hatten wir schon so oft. Ich war erschöpft und wusste, dass mein Vater sich meine Mattigkeit zunutze machte. Also beschloss ich, mich eine Weile den bedächtigen, stockenden, aber präzisen wissenschaftlichen Erklärungen meines Vaters auszusetzen, seinem furchterregend überzeugenden Monolog. Mein Vater war der Einzige, der mich schwanken lassen konnte, doch ich hatte gelernt, mich dagegen zu wappnen. Um seinen Vernunftgründen auszuweichen, ließ ich meine Gedanken zu den unvernünftigsten Seiten meines Vaters wandern, zu den besonders zweifelhaften, nostalgischen, den besonders unlogischen, unerklärlichen bei einem Arzt seines Ranges. Mein Vater in einem schlabbernden, verschlissenen Pyjama, schon ganz durchscheinend, in dem man ihn durchs Haus spazieren sieht wie einen Nudisten. Mein Vater, vernarrt in diesen Pyjama, den er vor über dreißig Jahren aus New Jersey mitgebracht hat und den er sich wegzuwerfen weigert, sosehr meine Mutter auch fleht und ihm bessere Pyjamas anbietet, weicher und vor allem angemessener, anständiger, sagt meine Mutter, die sogar vorschlägt, ihn nicht einfach wegzuwerfen, sondern zu zerschneiden und in die Lumpensammlung zu geben, wo die bereits abgestorbenen Zellen meines Vaters sich zum Schmutz gesellen und anderen von Nutzen sein könnten. Ich dachte an meinen Vater, halb nackt, halb bekleidet, an meinen exhibitionistischen Vater, ja, an diesen Vater, suchte nach Argumenten, um seine Vorwürfe zu entkräften, ich sei eine unvernünftige, rücksichtslose Tochter, dickköpfig wie meine Mutter. Ja, aber das hier sei doch ein Beweis für seine eigene Dickköpfigkeit, seine Rücksichtslosigkeit gegenüber Anstand und Schamgefühl der anderen. Die Nachbarn, die durch das Gitter spähten. Olga, die bereits die Neugier verloren hatte. Du selbst würdest bei deinen Besuchen den Blick abwenden. Aber *hija*, antwortete mein Vater, und seine Stimme schwang sich zur Überraschung auf, was hat mein Pyjama mit alldem zu tun? Es ist nicht das Gleiche, sich an einen Pyjama zu klammern oder an einen Arzt, fügte er hinzu, gewiss errötend. Eben, Papa, ein Arzt ist bei Weitem wichtiger als ein Stückchen Stoff. Ich vertraue nur diesem Arzt, das solltest du verstehen. Und damit war die Diskussion beendet.

Wir gingen langsam weiter, beide stumm, jeder ins eigene Grübeln versunken, und auf einmal hatte ich das Gefühl oder die Gewissheit, Ignacio, dass wir schon seit einiger Zeit umherirrten und den alten Dodge suchten. Papa, sagte ich, überließ mich eine Weile dem Tochtersein, ist es noch weit? Wir sind fast da, antwortete er und belog sich zweifellos selbst. Mein Vater hatte sich nicht damit aufgehalten, das Auto zu suchen, hatte vergessen, warum wir da waren. Wir wanderten verloren zwischen Abertausend Autos umher, aber der Wind schob uns sanft an. Die Verriegelung sprang auf. Der Motor startete. Die Berge, fragte ich, sind sie heute verschneit? Verschneit noch nicht, aber es schneit dort gerade, verbesserte er trocken; doch man sieht nichts, fügte er hinzu, bei dem Smog. Santiagos Himmel ist nicht, was er einmal war, sagte mein Vater melancholisch. Ich öffnete das Fenster wie jemand, der ein Lid öffnet, und hatte das Gefühl, dass ich die bis in die Täler verschneiten Berge sah, sie strahlten blendend in meinem Gedächtnis. Ich streckte den Kopf hinaus, um diese Luft einzuatmen, schwer vom toxischen Feinstaub, die mir die Rückkehr bestätigte. Ich ließ den Dreck in meine Lungen ein und erahnte in der Ferne das Bellen unsichtbarer Köter.)

eiserne Hand

Sie warf sich mir an den Hals, meine Mutter. Eine Meduse, eine Qualle, ein Geißeltierchen, ein Organismus mit gallertartigem Körper und Tentakeln, die Nesselfieber auslösen. Sie war nicht abzuschütteln. Ihr Körper zog sich zusammen, als schluchzte sie, und sandte eine Substanz aus, die hundertprozentig tödlich war. Vom mütterlichen Gift verseucht, hätte mich ein Schwindel, eine Ohnmacht packen müssen. Aber keine Ohnmacht, keine Benommenheit. Kein Riechsalz, keine hysterischen Ohrfeigen. Kaum mehr als ein Tropfen Tinte, der einer trüben Szene Kontrast verlieh: meine Mutter, die mich am Tor erwartete, steil auf ihren Schuhen stand und mit dem Absatz auf die Steine klopfte. Sie war bei Tagesanbruch aufgestanden, hatte die frühen Morgenstunden blindlings durchgearbeitet, damit sie später die letzten akuten Fälle einem Trupp von Assistenzärzten überlassen konnte, die Kinderarzt werden wollten. Beladen mit dem Geruch nach Krankenhaus, nach Kindern, die den Eiter ihrer Lungen über sie erbrochen hatten, war meine Mutter nach Hause zurückgekehrt. War über rote Ampeln gefahren. Hatte Zebrastreifen und Bremsschwellen genommen, ohne die Geschwindigkeit zu reduzieren. Und jetzt stand sie draußen, ans Gitter geklammert, und ließ sich vom Regen durchnässen. Wie perfekt wäre strömender Regen für die Szene unseres Wiedersehens gewesen. Wie aus Kübeln. Pfeile von oben. Die uns an den Boden nagelten. Aber an Regengetrommel auf dem

Dach des Dodge hätte ich mich erinnert, hätte mich an einen Wolkenbruch erinnert, wie ich mich an die durchdringende Kälte jenes Winters erinnere. Kein Regen, kein Nieseln, nicht mal ein elender Mörderhagel. Bloß Schnee, der auf die fernen Gipfel fiel. Bloß Wind, der die Bäume rupfte, die Blätter zerzauste, verwirbelte. Den unverschämten Böen trotzend, richtete sich meine Mutter bestimmt das Haar, das eben erst den Händen des Friseurs entsprungen war, plusterte es mit den Fingern auf, während ihr Mann, den sie seit ihrer Jugendzeit hartnäckig mein Alter nannte, auf dem Kies parkte. Vielleicht zog sie immer noch an einer steif gesprayten Strähne und nickte leicht zu ihren Gedanken. Vielleicht schob sie sich die Brille auf der Nase zurecht und steckte eine Fingerspitze mit lackiertem Nagel in den Mund, als sie mich aus dem Auto steigen sah wie eine Braut in Schwarz. Eine trauernde Braut am Arm meines Vaters. Auch dies eine erfundene Erinnerung, in der ein paar Finger auftauchen, die mich energisch vom Alten trennen, dem Alten meiner Mutter, die ebenfalls schon fast Seniorin ist. Es ist der Arm, die Hand, sind die unbezwingbaren Muskeln meiner Mutter, die mich ohne Humpeln oder Straucheln zur Tür bringen wollen, die mich vor verräterischen Stufen retten, über Schwellen ins Nirgendwo geleiten, vor Stößen gegen die Möbel beschützen möchten. Vor den Stolperfallen in den Ecken. Vor der Fernsehantenne, die sich in mein Auge bohren könnte. Der Gasflamme auf dem Herd, dem Brodeln der Töpfe, dem Rumoren der Teekessel. Meine Mutter zerrt an mir, weil das ganze Haus sich gegen mich bewaffnet hat. Sie packt mit eisernem Griff zu, krallt ihre Nägel in die Pullovermaschen, bis sie in mein Fleisch eindringen. Schrammen. Tiefe Schnitte. Wunden, die nicht vernarben: mein Blut sprudelt. Ich suche nach Hilfe, aber bei wem. Mein älterer Bruder ist in einer Sitzung mit mexikanischen oder kolumbianischen Kunden und kann nicht ans Telefon. Das lässt er mir von seiner Sekretärin ausrichten, vermutlich eine sensationelle junge Frau mit hohen Absätzen und weitem Ausschnitt, die aber ebenso gut eine hochnäsige Alte sein könnte, die ihre Stimme auf jung getrimmt hat, und diese oder die andere sagt mir, Señor Joaquín werde anrufen, sobald er Zeit habe. Sagen Sie ihm, ich bin in Santiago und werde gerade von einer zierlichen fleischfressenden Pflanze verschlungen. Doch die Frau legt auf, bevor ich zu Ende geredet habe. Im Hörer ertönt nur der irritierend anhaltende Ton einer Maschine, die monoton meinen Herzstillstand aufzeichnet, während er eintritt. Besser so, denke ich, mein großer Bruder hat seine eigenen Probleme, seinen eigenen spröden Humor, der zu schwarz ist, als dass er meinen Hilferuf erhören würde. Also wende ich mich an meinen jüngeren Bruder, noch so ein unnahbares Genie, der mir in zwei knappen Worten verkündet, er sei unterwegs, sei fast schon da, sei angekommen. Er hupt, bevor er gleich darauf durch die Tür tritt und sich zum Mittagessen setzt. Ein klebriger Kuss fällt auf meine Wange. *Hey sis*, sagt er betont beiläufig. Eine alte Angewohnheit, die wir aus New Jersey importiert haben. Wie war der Flug, *sis*, hast du schlafen können? Er setzt sich an den Tisch, steckt sich ein Stück Brötchen in den Mund und nuschelt noch beim Kauen, Mama, lass mal ein bisschen locker, ja? Luci kann mit Handschellen nicht essen. In Gedanken habe ich die riesigen schwarzen

Augen meines Bruders vor mir, Kohleaugen, passend zu seiner tiefen Stimme. Meine Mutter, die seit Monaten schon das Lächeln vergessen hat, stößt ein irres Lachen aus und lässt von mir ab. Mein Vater, der nichts mitbekommen hat oder ebenfalls den Verrückten spielt, schwingt seine große Hand auf meine und fesselt mich mit seinen Fingern. Und mein Bruder, der nach dem Knacken zu schließen gerade ein Stück Mohrrübe oder Sellerie kaut, sagt ganz langsam, aber du bist doch nicht völlig blind, oder doch? Ich höre das Aufseufzen rund ums Tischtuch, höre die grelle Musik einer Gabel, die auf den Teller fällt, Olgas diskreten Auftritt mit einer Schüssel und ihren sofortigen Abgang, ohne eine Unterbrechung zu wagen und mich zu begrüßen. Als merkte er nicht, dass das der Auftakt zu einem Riesenkrach ist, fügt mein Bruder Félix seelenruhig, die amputierten Nerven hat er von meinem Vater, eine weitere unfragbare Frage hinzu. Wo ich mich denn nun operieren lassen werde. Was heißt, wo, sage ich, hebe die Stimme an, halte mich aber noch zurück. Über das Wo hat es nie einen Zweifel gegeben. Darüber reden wir ein andermal, schaltet sich meine Mutter ein und gibt mir unter dem Tisch einen Fußtritt, der für jemand anderen bestimmt war. Da ist nichts zu bereden, lege ich los, schiebe den Teller mit den öligen Spaghetti weg, die ich sowieso nicht in meinen Mund bekomme, und stoße dabei ein Glas Rotwein um. Ich gehe nicht zu diesem Augenarzt, sage ich, spüre das Flattern von Servietten, die auf den Tisch fallen. Habt ihr meinen letzten Besuch dort vergessen? Hände tupfen den Wein auf, Olga erscheint wieder, hebt meinen Teller hoch und wischt darunter sauber. Es gelingt mir, sie zu fassen, sie soll sich hinsetzen, denn sie ist Teil unseres Lebens, auch wenn meine Eltern das nicht akzeptieren wollen, ich brauche sie als Verbündete, und mag sie auch gegen mich sein, es steht ihr zu, dass sie bei diesem Gespräch neben uns sitzt und nicht ihr taubes Ohr an die Tür legt. Ich werde diesen Spezialisten nicht sehen und mich schon gar nicht von ihm operieren lassen, von jemandem, der seine Patienten verachtet, mag er auch in Harvard studiert haben oder ein Nachfolger des berühmten Barraquer sein. Besser mein postsowjetischer Arzt, der sich die Zeit nimmt, mir meine Augen zu erklären, und nicht gleich zum Messer springt wie diese aggressive chilenische Eminenz mit ihrem Diplom, das auch von den Gringos stammt. Da könne er Gott der Allmächtige in schmutziger weißer Schürze sein, ich würde nicht zu ihm gehen. Jemand stellt mein Glas auf, aber es ist nicht Olga. Jemand stößt einen frustrierten Seufzer aus, und ich vermute, es ist meine Mutter. Sagt den Termin ab. Denn nicht einmal gefesselt. Nicht einmal in Narkose, haben mich alle gehört? Nicht einmal tot gehe ich.

Löcher

Wenn du nicht erschöpft bist, sagte Félix und kam vorsichtig ins Zimmer, wenn du nicht vollkommen fertig bist, lade ich dich zu einer Spritztour ein. Ins Zentrum, sagte er, ich habe ein neues Projekt, das ich dir gern zeigen möchte. Mir zeigen? Davon erzählen, entgegnete er sich selbst lektorierend und fügte hinzu, auf eine Spritztour! Na, Lust? Lust? Ich setzte die Kopfhörer ab, unterbrach einen weiteren Roman mitten im Kapitel. Stellte den Walkman aus und ließ ihn aufs Bett fliegen. Ich selbst wäre nach draußen geflogen, hätte zwischen röhrenden Autos blindlings die Straße überquert, ein Schloss aufgebrochen und wäre in den nächstbesten Wagen gestiegen, hätte selbst aufs Gaspedal gedrückt, nur um diesem Haus zu entkommen. Ich brauchte frische Luft, mochte sie in Santiago auch radioaktiv sein. Über die wichtigen Dinge sprechen wir noch, sagte mein Bruder beiläufig, als er sich anschnallte und meinen Gurt befestigte. Als es losging und wir Geschwindigkeit aufnahmen, sah ich mit den Augen der Erinnerung, mit den Augen des Geistes, die später die Erinnerung zusammenfügen, in den Rückspiegel. Félix blickte nach hinten, meine Augen blickten nur starr geradeaus, im Leeren verloren. Sobald wir uns in Bewegung gesetzt hatten, fing er an, mir von dem Turmprojekt zu erzählen, in das er sich mit seinem Team kopfüber gestürzt habe. Aber wozu mehr Türme, dachte ich, Türme sind Monumente des Niedergangs, kaum hat man sie errichtet, kommt jemand und bringt sie zum Einsturz. Aber mein Bruder spulte seinen Monolog ab, mit allen modularen Einzelheiten des Bauplans, Länge und Breite eines jeden Stockwerks, eines jeden Fensters, Neigungswinkel, Tragwerksberechnungen. Gebannt sprach er von der architektonischen Umgestaltung des Zentrums, von der Dringlichkeit, Platz für Neues zu schaffen, von der Vorgeschichte des Baugrundstücks. Ich hörte schweigend zu und dachte, dass wir zu dieser öden Nachmittagsstunde gewiss von vollen Bussen umgeben waren, von vollen Taxis oder verwaisten Einkaufswagen vom Mercado Central, und dass uns glänzende, arrogante Autos eskortierten, dazu bestimmt, an uns vorbeizuziehen. Ich erdachte und sah beinahe den schlammigen, feindlichen Fluss, den Ignacio gleich adoptieren würde, wie alles, wie allzu viel. Ich bemühte mich, den Worten meines Bruders zu folgen, so jung und euphorisch, so sorglos. Ließ ihn den Stadtplan in meinem visuellen Gedächtnis mit Mosaiksteinen füllen, mit dreckigen Straßen und den Umrissen von Ecken, mit handgeschriebenen Schildern voll Rechtschreibfehlern, mit amerikanischen Secondhandläden, den schlüpfrigen *Cafés con piernas* im Zentrum, mit gewissen Straßen, die jeder Chilene kennt und die ich später Ignacio zeigen würde, mit kaputten Telefonzellen, Karren, die zur Erfrischung ein Glas *Mote con huesillo* anboten. Zu deiner Linken lassen wir gerade die Plaza Italia zurück (und der Platz erschien vor mir, Ignacio, der nun auch in deinen Augen gespeichert ist, der Platz mit seinem Ikarus und seiner monströsen Bronzefackel) und zur Rechten, erklärte er, das ehemalige Normandie, jetzt renoviert, das heißt umgewandelt (das Kino, in dem ich in Mitternachtsvorstellungen erschütternde russische Filme gesehen hatte, dabei vor Kälte gestorben und vor Müdigkeit umgekommen war), und da drüben, Félix' Stimme unterbrach meine Erinnerungen, da drüben ist der Cerro Santa Lucía und das Wandgemälde von der Gründung Santiagos (jedes Wort eine Kelle voll Farbe in meinem Kopf), weißt du ungefähr, wo wir sind? Ich nickte bloß vor der Breitwand, auf der sich meine Vergangenheit in Santiago abspulte. Das Auto durchpflügte die Stadt wie ein Komet, und wir kamen zum Präsidentenpalast, dem Palacio de la Moneda, in meiner Vorstellung weiß und makellos, kurz vor der Bombardierung, vor den Militärhubschraubern über unseren Köpfen, und mitten in die eingeblendete Angriffsszene, als Soundtrack die Diktatorenstimme, die den verheerenden Sieg verkündete, mischte sich die lebhafte, gutturale Stimme meines Bruders Félix, die über die Meter referierte, die der Turm hoch sein werde, der Turm von ihm und seinem unsichtbaren Team, wenn es einmal vollständig sein würde. Félix, sagte ich, unterbrach ihn, und die Einschusslöcher? Im Moneda-Palast? Na hör mal, entgegnete er ungeduldig, der wurde doch schon vor Urzeiten restauriert! Aber ich meinte die Gebäude gegenüber, auf der anderen Seite der Alameda, auf dem Paseo Bulnes, die alten Häuser mit den von Zeit und Staub getönten Mauern, die vor allem in den oberen Stockwerken unheilvolles Bazookafeuer durchlöchert hatte. Ach so, sagte er, ja, die sind noch da, die Löcher, und ebenso in den Nachbarstraßen, an den hinteren Häusern, die Maschinengewehreinschüsse, die der Heckenschützen auf den angrenzenden Dächern. Wieso? Weiß nicht genau, hörte ich mich antworten. Die Vergangenheit überschlägt sich in meinen Augen, sagte ich. Und sagte ihm auch, dass ich an all die Splitter des Putsches dachte, die da den Beton mit ihrer Säure zerfraßen. Außerdem dachte ich, sprach es aber nicht aus, dass diese Mauern alles mit angesehen hatten, ihre Augen jedoch mit einer dicken Schicht Ruß verbunden waren, die sich höchstens alle Jubeljahre bei einem Erdbeben wieder löste.

Todesarten

Wir sind auf dem Rückweg. Von Ampel zu Ampel rafft mein Bruder sich auf, nach meinen Augen und den klinischen Einzelheiten zu fragen. Den technischen Details des Eingriffs. Der Qualitätskontrolle der Instrumente. Dem Vertrag mit der Krankenversicherung, die meine Akte einsehen will, bevor sie der Kostenübernahme zustimmt. Er fragt, mit welchen Möglichkeiten die Ärzte rechnen: ihre Prognose, dieses Wort, das eher nach unheilbarer Krankheit als nach Genesung klingt. Und was wirst du tun, fragt mein Bruder und wagt es nicht, den Satz zu vollenden. Wenn die Sache nicht gut ausgeht, frage ich und wage nicht, konkreter zu werden. Für diesen Fall hat niemand eine Hypothese riskiert. Ich habe die Zukunft ausgesetzt und quetsche gierig die Gegenwart aus. Aber was wirst du tun, mein Bruder bleibt hartnäckig, wenn die Sache nicht gut ausgeht. Die Sache ist die Operation, und es wird nicht eine geben, sondern zwei. Ich habe zwei Chancen, sage ich. Und wenn beide Operationen misslingen? Ich gebe vor, einen Augenblick nachzudenken, aber in meinem Kopf ist nur eine Wolke, und darin taucht eine Antwort auf, die ich noch nicht in Erwägung gezogen hatte. Mich umbringen? Noch eine Wolke, die nun aus Schweigen besteht. Meinem Bruder ist gewiss die Miene entgleist; seine matten Augen blinzeln in Zeitlupe, während meine das Zwinkern vergessen haben. Seine beherrschte, doch sarkastische Stimme sagt, dass er mich nicht für fähig hält. Und wie würdest du das tun, in deiner Lage? Müsste dir nicht jemand eine helfende Hand leihen oder zumindest ein Auge? Der Satz meines Bruders bohrt sich in mich wie eine Sicherheitsnadel, macht mich hellwach. Ein Auge leihen, sage ich mir und bewahre dieses Bild, so gut ich kann. Schweigen. Du bist so still, sagt Félix, ja?, sage ich und läute eine lange Pause zwischen meinem Ja und seinem ein. Ja, sehr still; du hast mir nicht gesagt, wie du das zu tun gedenkst, das da, sagt er und betont jedes einzelne seiner Worte, ich sehe sie kursiv vor mir, wie sie ächzen unter der Ironie. Wie stelle ich das an, frage ich mich insgeheim, während ich in meinem Gedächtnis das Band der Selbstmorde zurückspule. Bei den paradoxen Selbstmorden drücke ich auf *play*. Der Text dieses Lieds verkündet: Von dem, was du zum Leben brauchst, bringt ein Zuviel dich um. Der Chor wiederholt: Zu viel Sonne, Zucker, Wasser, Sauerstoff. Zu viel Mutterliebe. Zu viel Wahrheit. Was redest du da, unterbricht Félix, der beim Fahren nicht für Spitzfindigkeiten zu haben ist. Ich musste an eine Freundin mit akuter Psychose denken, die in einer depressiven Phase bei mir angerufen und mich um Insulin gebeten hat. Zweimal habe ich so einen Anruf bekommen, von zwei verschiedenen Freundinnen, sage ich. Und was hast du getan, fragt mich mein Bruder, fragt sich selbst, weshalb ihm niemals so etwas passiert, er hätte nicht gewusst, was zu tun sei, gibt er zu. Und hält an. Was hätte ich anderes tun sollen als sie zur Apotheke schicken, damit sie sich ihr Gift selbst kaufen, sage ich. Zur Apotheke? In den chilenischen Apotheken wird Insulin ohne Rezept verkauft. Wusstest du das nicht? Nun ist es mein Bruder, der in einem langen Schweigen versinkt, aus dem er Minuten später selbstsicher und beherrscht wieder auftaucht, seine Hand auf die meine legt, bevor er sie zum Schalten wieder zurückzieht, und mir versichert, dass ich das nicht tun werde. Mich umbringen. Er hat recht, aber ich sage es ihm nicht, ebenso wenig, dass keine meiner Freundinnen sich zum Insulin entschlossen hatte. Mein Bruder stellt die Frage nicht, die ich erwarte, und ich frage mich nach dem Grund, komme aber zu keiner Antwort. Félix weicht allem Düsteren aus, greift zu seinem Notfallhumor und sagt: Das kann ich nur in Extremfällen akzeptieren. Aber Félix, seit wann verteidigst du die Sterbehilfe, sage ich und unterdrücke ein bewunderndes Lächeln. Ich erinnere ihn an zornige Diskussionen mit meinen Eltern, denn der Tod ist bei uns schon immer Tischgespräch gewesen. Nach jedem Essen gab es Medizinvorlesungen. Na gut, das war nicht ernst gemeint, sagt jetzt mein Bruder verärgert, zähle nicht auf mich. Ach Félix, denke ich laut und bedauere, dass ich sein Gesicht nicht sehe, vor allem seine Lider nicht streicheln, seine Augen unter meinen Fingern nicht fühlen kann, Félix, flüstere ich und schlage einen leichteren Ton an, ich habe keinerlei Absicht, aber du hättest die Chance nutzen können. Vielleicht gibt es eine Erbschaft, und ohne mich würdet ihr mehr bekommen. Eine Blinde fällt schon mal vom Balkon. Ein schnelles, sicheres Ende. Keine schlechte Idee, sagt Félix, nimmt eine enge Kurve und beschleunigt, allerdings, wirft er ein, gibt es ein Problem, das wir nicht bedacht haben. Wer würde die Spuren beseitigen? Er hupt, bremst vor einer Ampel und wartet, wie er mir erklärt, dass es grün wird und ich antworte. Das sind etwas sonderbare Bedenken, sage ich mit verstellter Stimme. Aber elementare, sagt er, ohne aus seiner Rolle zu schlüpfen, und dann sagt er nichts mehr zu der Sache, sondern öffnet den Mund, um zu verkünden, dass wir angekommen sind, und ich höre auf einmal einen finsteren, traurigen Ton und spüre einen ungeschickten Kuss zwischen den Brauen. Brauchst du Hilfe, *sis*, flüstert er, als hätte er sanft eine Saite angeschlagen. Nein, lass nur. Und er sagt, allzu spät, Vorsicht, hau dir den Kopf nicht an.

Bedingungslosigkeit

(Von meinem älteren Bruder rede ich nicht, weil ich ihn gar nicht zu sehen bekam. Im Nebel sah ich niemanden richtig, aber von Joaquín hörte ich nur: was er über seine Sekretärin ausrichten ließ, ein Anruf, während er auf der Autobahn beschleunigte, auf dem Weg nach Hause, er müsse Koffer packen und sich von seiner Frau verabschieden – die ebenfalls über seine Abwesenheit klagte –, von seinen Kindern – eines ein Klon des anderen –, von ihren beiden Kindermädchen. Im Nu sei er wieder fort, erreiche gerade noch den Flieger nach China. Er schaffe es nicht, vorbeizukommen. Entschuldige, sagte er, liebend gern wäre ich, ja, keine Sorge, gab ich zurück, wütend, grollend, beleidigt wie eine vernachlässigte Geliebte. Gute Reise, und dabei wusste ich mit jeder Faser, von den Haarspitzen bis zu den Zehen, dass er wieder einmal vor mir floh. Ich hatte beschlossen, ihn ziehen zu lassen, ihn zu vergessen, so sehr zu vergessen, dass ich dir gegenüber meinen Bruder nicht einmal erwähnt hatte: ein guter Junge mit bösem Stern, ein feiner Kerl mit weit besserem Augenmaß als du, Ignacio. Hatte ich ihn vergessen, oder solltest du besser nichts von ihm erfahren? Wie er sich seit unserer Kindheit von mir entfernte, seit dem Tag, an dem ich aus dem Krankenhaus zurückgekommen und ihm wie ein Bündel Ballast auf die Schultern gefallen war? Denn die ungeschriebenen Pflichten des älteren Bruders hatten ihn in meinen Sklaven verwandelt. Er nahm mich bei der Hand und schleifte mich durch den allzu ewigen Schnee New Jerseys, wir beide in einem leuchtend orangefarbenen Anorak, dessen Kapuze eine Aureole aus Webpelz umgab, und so begleitete er mich als Eskimo zur Bushaltestelle, half mir in den gelben Bus, der uns jeden Morgen abholte, reichte mir das Buch, das ich gerade las, damit ich mich unterwegs nicht langweilte, hielt meine Lunchbox und passte auf, dass ich mein Pausenbrot aß und manchmal auch seines, bevor er sich dann über die Reste hermachte. Niemals war mein Bruder dürrer gewesen als auf den Fotos dieser Zeit, niemals stiller, schlafloser, besessener, bedrängter. Wie alt wir waren? Neun Jahre er, ich sieben? Acht und sechs? Zehn und acht? Einerlei, und im Hintergrund eine erleuchtete Brücke als Trost für die Winterabende. Er studierte vom Fenster aus die glitzernden Lichter, während ich ein Buch aus der Schulbibliothek las und meine Mutter kochte. Joaquín betrachtete die Stahlbrücke, zählte jede einzelne Glühbirne, und sein Körper wuchs und dehnte sich dabei, schlüpfte aus der zähen Kindheit wie aus einem Ei. Und eines Abends machte er, mit der Brücke als Verbündeter, seine Hausaufgaben fertig, wartete aber in Wahrheit nur darauf, dass meine Mutter den Abwasch beendete, damit er ihr mit der kieksenden Kinderstimme auf dem Weg zum Mann sagen konnte: Lernen und arbeiten zugleich sei zu viel. Arbeiten?, sagte meine Mutter, sah meinen Vater an, der eingeschüchtert Joaquín ansah. Er reichte seine Kündigung bei ihnen ein, und sie nahmen sie an, denn sie hatten nicht den Mut, ihn zu zwingen, mein Vater, mein Krankenpfleger, mein Schulinspektor zu sein und dazu noch mein Bruder, wofür er sich nicht einmal selbst hatte entscheiden können. Niemand hatte ihn gefragt. Er wolle nur lernen, erklärte er und senkte den Kopf zwischen das blaue Revers seiner Jacke, stranguliert von der gestreiften Krawatte, voll Scham und voll Stolz, erschrocken über sich selbst. Dagegen versprach er, der Klassenbeste zu werden, ihren Elternstolz wiederherzustellen. Da ließ meine Mutter den Kopf sinken und stimmte betroffen zu, sie hatte Angst vor meinem so vernünftigen, blassen, in würdige Magerkeit gemeißelten Bruder, und mein Vater legte ihm die Hand auf die Schulter und sagte, natürlich, *hijo*, natürlich, hättest du bloß früher etwas gesagt. Von da an war ich ihnen allein ausgeliefert, terrorisiert von ständiger Überwachung, die sie Behüten genannt hätten, erstickt von einer spontanen Schuld, die ganz die ihre war. Ich blieb ohne den Schutzschild zurück, der mein großer Bruder gewesen war und den mir Félix, der so viel später auf die Welt kam, so winzig, so verletzlich, niemals hatte ersetzen können. Draußen war ich Sonnenschein, drinnen dunkle Wolke, da ich mich zurückzog, gut versorgt mit Büchern. Joaquín tauchte in seinen Matheübungen unter, zwischen Geodreieck, Rechenscheibe, Zirkel, allein für sich. Mit gesenktem Kopf und voller Groll löste mein Bruder in den Gängen der Schule Gleichungen und achtete nicht auf mich, verzog sich in die exakten Wissenschaften, glich immer mehr meinem Vater, hatte aber Angst vor den Mädchen, denn alle glichen zu sehr mir, alle wollten etwas. Nun verstehst du sicher, warum ich dir nicht erzählt habe, wie mein Bruder mich verlassen hat und meine Eltern ihn und wie später auch ich sie alle verlassen habe, allesamt, auf der Suche nach jemandem mit wahrer Berufung zum Aufopfern, jemandem, der in Liebe ertrinkt oder auf die Notwendigkeit der Liebe gedrillt worden ist, nach jemandem mit einer aberwitzig heroischen Leidenschaft, nach einem Selbstmörder, radikal und bedingungslos.)

meilenweit entfernt

Pausenlos meldete sich das Telefon mit einem nervtötenden Klingeln in diesem Haus der Ärzte und Kranken. Es schrillten tagsüber wie nachts die Alarmanlagen; es schrillte, weil meine Mutter nicht da war oder doch da war, aber ihren Mittagsschlaf hielt, bevor sie wieder in ihre Privatpraxis ging, einerlei, das Telefon klingelte in jedem Fall vor sich hin, weil meine Mutter auf einem Ohr ein wenig taub war und Olga auf beiden. Ich presste mir die Kopfhörer in die Ohren, versuchte mich auf ein weiteres Drama mit selbstmordgefährdeten Heldinnen zu konzentrieren, das sich im Kassettenrecorder abspulte, während ich noch zweifelte, ob ich zum nächsten Roman übergehen sollte. Es klingelte und klingelte, das Telefon. Den Hörer abnehmen war ein Risiko. Das Risiko, dass am anderen Ende ein Kranker verzweifelt um Hilfe bat und nicht bedachte, von wem er sie verlangte. Die Patienten meines Vaters waren alt und gebrechlich, hatten aber genügend Kraft, auf einem detaillierten Bericht über neue Symptome zu bestehen, über ihre Medikamentenliste, die Untersuchungen und ihre Ergebnisse, auf ihrer Krankengeschichte. Es waren geifernde Alte, die sich nicht unterbrechen ließen und mit durchtriebener Intelligenz die Auslassungspunkte einsetzten. Sie kannten keinen Absatz. Was scherte es sie, dass der Arzt nicht da war, dass ihnen keine Sekretärin antwortete, sondern gerade einmal eine Tochter wider Willen, dass dies nicht die Praxis, sondern ein Privathaus war. Sie wollten einem bloß den Tod unter die Nase reiben, der ihnen auf den Fersen war. Manchmal waren am anderen Ende auch die Mütter von Patienten meiner Mutter, Mütter, die sich ebenfalls nicht damit aufhielten, meine Erklärungen anzuhören, sondern mit zerfetztem, zerschrammtem Herzen eher sich selbst als sonst jemanden fragten, was tun, was tue ich bloß, o Gott, meine Tochter hat das ganze Fläschchen Pillen gegessen, die Schnecken im Garten, die Kartoffelschalen, in selbstmörderischen Schlucken habe sie das Heizparaffin getrunken. Dann war es an mir, zu fragen, warum sie da noch am Telefon seien und nicht in der Notaufnahme. Sie sollten auflegen und ihr in Windeseile den Magen auspumpen lassen. Nicht nur das Telefon gehörte meinen Eltern, auch die Anrufe waren für sie. Nur ab und zu klingelte es für mich, zuerst kam die Stimme eines Callshops, der die Verbindung herstellte, dann Ignacios in Buenos Aires, dann meine Stimme, die sagte, nein, nein, du verstößt gegen unsere Abmachung, hatten wir nicht gesagt, keine Gespräche? Ruf nicht wieder an. Und wir schwiegen, legten aber nicht auf, Ignacio und ich gequält von einer rein freiwilligen Vereinbarung. Du hast recht, sagte Ignacio bekümmert, aber ich wollte dich hören, wollte wissen, ob du noch lebst in diesem Rätsel Chile. Ich lebe, mit knapper Not, aber ich lebe; doch reden wir über die Gedanken, die wir uns gemacht haben, wenn wir uns wiedersehen. Schließlich hängten wir auf, und ich wollte mich selbst ein wenig aufhängen, hängte mich aber stattdessen an den Roman. Wieder klingelte das Telefon. Es klingelte und klingelte, doch niemand ging ran. Ich fand den Hörer nicht, tastete über den Nachttisch, meine langen Fingernägel stießen gegen den Lampensockel, gegen unergründliche Hindernisse, bis ich das Telefon zu greifen bekam. Das Klingeln hatte aufgehört, aber ich nahm trotzdem ab, vom Gefühl getrieben, dass es wieder Ignacio war, den eine Sorge niederdrückte, die ich ihm selbst böswillig berechnend eingepflanzt hatte. Ich hörte einen spanischen Akzent, der jedoch nicht von ihm stammte. Er war durchsetzt von einem kehligen j, einem grellen s, einem zweifellos madrilenischen z. Ein sehr viel rauerer, resoluterer Akzent als Ignacios galicischer; ein Akzent, der durch die Zeit und ihre Turbulenzen reiste. Es war die harte Stimme Raquels, die da zu der dramatischen Stimme meiner Mutter sprach und sie zu trösten versuchte. Im Brustton der Überzeugung. Mit resignierter Geduld. Ich versichere Ihnen, sagte Raquel, die Operationen werden gut gehen. Meine Mutter schwieg einen Moment, als fehlte ihr der Sauerstoff oder als schmerzte sie das Atmen. Sie holte Luft und befeuchtete ihre Lungen, bereitete sich darauf vor, mit der Kälte zu antworten, mit der sie immer vom Hoffnungslosen sprach. Ohne zu ahnen, was kommen würde, wiederholte Raquel ihr naives: Señora, ich bin mir sicher, was auch passiert, es wird ihr gut gehen. Gut gehen, wiederholte ich mir, erstaunt über ihre Gewissheit, konnte mich aber nicht entschließen, sie zu unterbrechen. Ich ließ mich von diesen bekannten Stimmen tragen, die sich im nächsten Augenblick wie Unbekannte vorkommen würden. Meine Mutter stieß einen asthmatischen Seufzer aus und sagte. Was weißt du schon, bist du etwa Augenspezialistin? In der folgenden Pause sah ich Raquels entgleiste Miene vor mir, ihren sofortigen Ärger; sah, wie Mauerwerk von der Decke in ihren Schoß fiel. Ich dachte daran, wie Raquels Fingernägel bei diesem Einsturz brachen, den meine Mutter verschuldet hatte. Nein, Señora, gab sie trocken zurück, hob die Stimme gerade ausreichend, ich bin keine Spezialistin, höchstens eine Dichterin. Aber eben die Dichtung macht mich so sicher. Ich hörte undefinierbares Stammeln von einer der beiden, von Raquel oder meiner Mutter, aber vielleicht war es auch ein fremdes Gespräch, das sich in den Drähten verheddert hatte. Raquel?, sagte ich, denn ihre Unterhaltung war gestorben, Raquel, wie geht's, was für eine Überraschung, dich zu hören.

Kampfgeist

Sogar jetzt, sogar hier, sogar in diesem Absatz bekenne ich, dass es nicht schwer war, mit dem Schreiben aufzuhören. Viel mühseliger war es, einen Stift zu finden, ihn mit den Fingern zu umklammern, zu wissen, dass schiefe Wörter auf die Seite fallen würden, selbst für Ignacio unlesbar. Denn je schwärzer die Welt wurde, desto mehr blieb auch alles, was zu ihr gehörte, im Dunkeln. Nun ergänzten mir Stimmen das Ungesehene oder lasen für mich, unermüdlich. Ich konnte sie vor- und zurückspulen, sie unterbrechen. Geliehene Romane zu hören, setzte vorübergehend die Angst außer Kraft, nicht schreiben zu können, und verdrängte den Gedanken an das, was ich nicht schrieb, was ich nie schreiben würde. Aber jetzt war Raquel am Telefon, als Freundin und kämpferische Dichterin, die sie war, ausgerüstet mit Stiften und Notizbüchern, in die sie dunkle Verse in mikroskopisch kleiner Schrift schrieb. Raquel rief mich zur Ordnung. Was hätte ich mit dem begonnenen Roman getan, fragte mich meine Generalin. Der musste zusammen mit meinen Notizen verlassen in einer der Umzugskisten liegen. Während sie wartete, suchte mein Kopf die Kiste, in die ich das unvollendete Manuskript gelegt hatte, die Kiste, die meine Hände versiegelt hatten wie einen Sarg. Das Buch war auf halbem Weg stecken geblieben, seine Vollendung stand in den Sternen. Raquel ließ nicht locker, bis wohin ich gekommen sei, wie viel noch bis zum Ende fehle, und ich erinnerte mich nicht. Auch in meinem Gedächtnis waren die Lichter ausgegangen. Unmöglich, dass du dich nicht erinnerst, sagte sie, und ich sagte nichts. Du darfst nicht aufgeben, beharrte sie, und ich, das ist kein Aufgeben, sondern ein Aufschieben, eine vorübergehende Verhinderung. Hast du dich selbst auch vergessen, bohrte Raquel weiter und versuchte mein Gedächtnis zu aktivieren oder den Wunsch, mich zu erinnern. Nicht an das vergessene Manuskript, sondern an die Identität, die das Blut erstickt hatte. Du bist nur in der Nähe des geschriebenen Wortes du selbst, betonte Raquel, als hätte ich das nicht gewusst, aber ich ging zum Gegenangriff über, da wir einen Kampf kämpften, den eine von beiden gewinnen musste: Vielleicht wäre ich dann nicht mehr Lina, wäre bis zum Rand des Abgrunds zurückgewichen. Müsste wieder von Neuem anfangen. Auf keinen Fall, empörte sich Raquel, auf jeden Fall, bellte ich zurück, von einer Wut gepackt, die nur zeigte, wie recht sie hatte. Weder wollte noch konnte ich jemand anderes sein, schon gar nicht jemand, der nicht schrieb. Nur, dass Papier und Bildschirm jetzt zur Klippe geworden waren. Die glatten Tasten, die über Jahre hinweg meine Fingerabdrücke abgefeilt hatten, waren mir nun ein Rätsel. Ich war mir nicht einmal sicher, dass ich einfach so weiterschreiben würde wie vorher, wenn ich wieder sehen könnte, falls das geschehen sollte. Dieser Roman ist gestorben, entschied ich, und Raquel handelte ein Vielleicht heraus, vielleicht dieser Roman, aber es werden andere kommen, denn man schreibt nicht nur, sagte sie, mit Augen und Händen, fürs Erste fang also an, fügte sie hinzu, als erteilte sie einen kategorischen Befehl, fang sofort, sobald wir auflegen, damit an, im Kopf zu schreiben.

für einen Apfel und ein Ei

Ignacio war wieder in Santiago. War zurückgekehrt in eine Stadt, in der er noch nie gewesen war. Wie ein böses Gerücht, wie eine Verleumdung, die für immer an ihrem Opfer klebt. In aller Frühe erschien ein Taxi vor der Hausnummer 237. Die Tür ging auf, und als Erstes kam ein Fuß zum Vorschein, als Zweites ein Bein und als Drittes Ignacios Schädel, gefolgt von zwei großen Koffern. Sein linker Zeigefinger drückte auf die Klingel, und jemand musste geöffnet haben. Er ging die Stufen hinauf und ließ lärmend sein Gepäck fallen. Das war seine Art, sich anzukündigen: Lärm machen, Radau genug, um mich aufzuwecken. Er war zerrüttet von der Ungewissheit und von einem Schweigen, das er nicht zu brechen wusste. Sobald er sah, dass sich das Kopfkissen hob, schlüpfte er angezogen zu mir ins Bett. Im Haus herrschte eine kriminelle Kälte und draußen ebenso, unter Santiagos dreckigen Wolken, die so kompakt waren, dass keine Strahlen durchkamen, nur sporadisch saurer Regen. Sterbenskälte herrschte, und er war krank. Nur eine Spur, so gut wie gar nicht. Er spielte Husten und Fieber, übertrieb mit der verstopften Nase, lallte ein Schläfst du und schmiegte sich an mich. Trompetend schnäuzte er sich, damit ich endgültig aufwachte. Wie war's, fragte ich im Halbschlaf, begriff aber, dass er seine leichte Erkältung dramatisierte. Du hast mir gefehlt, sagte er, und seine Stimme war die eines gerupften Vogels im Eis des Südpols. Meine Füße sind Eisklötze. Komm zu mir, flüsterte ich mit dickem Atem und ließ mich umarmen, ließ zu, dass seine kalten Hände sich zwischen meine Brüste schoben, dass seine Küsse in meinen Ohren explodierten, ließ sogar zu, dass er mir seinen falschen Schnupfen aufhalste, und empfand dabei unendliches Mitleid mit Ignacio. Du hättest dort bleiben sollen, sagte ich. Du hättest auch dort bleiben sollen, sagte er. Stimmt, und hier sind wir nun wieder, wir beiden. Wie zwei Schwachköpfe. Ja, ganz schöne Idioten, aber du kommst doch mit mir zurück? Lina? Ich hätte sagen müssen, ja, natürlich, denn genau das würde ich tun, aber ich fand noch keine Antwort, die auf ihn zugeschnitten war, wir mussten erst zu Ende schlafen, mussten zwei Tage und zwei Nächte verstreichen, den matten Mond abnehmen lassen. Wozu ihm so schnell eindeutige Antworten geben? Wir würden aufstehen, trotz Ignacios theatralisch vorgeführtem Schüttelfrost und dem Rotz in seinem Taschentuch, und er würde seinen Koffer voller Schlösser vor mir öffnen wie eine Schatztruhe. Es war ein Schatz, den er für einen Apfel und ein Ei erworben hatte, aber für ein faules, ein angeschlagenes Ei in diesen Tagen von Argentiniens dröhnendem Bankrott. Ein dickes Ei, der Inbegriff einer chilenischen *huevada.* Scheiße, die die Politiker gebaut hatten. Eine Riesensauerei, rief Ignacio indigniert angewidert, erschüttert, und erkältete sich noch ein bisschen mehr. Er war an Jammer erkrankt und hustete, damit das klar wurde und seine Stimme ebenso und damit er mich überzeugen konnte, wie sehr es ihn mitgenommen hatte, die Stadt so elend zu sehen, aber mehr noch die Leute, die verdorbenes Essen aus dem Müll klaubten. Und nicht nur die Leute, die seit Jahrhunderten im Elend gelebt hatten und widerstandsfähiger gegenüber Unglück und Not waren, sondern die weniger gut Vorbereiteten, Leute, die sich wie du und ich anziehen, und er meinte nicht seine zerknitterten Kleider, nicht den Slip, in dem ich geschlafen hatte, sondern die normale Kleidung der Leute, die sich welche kaufen können; all die Leute aus der aufgestiegenen Mittelschicht, die ihr Geld brav zur Bank getragen hatten und auf einmal ohne einen Centavo dastanden. Mit einem Haufen unbrauchbarer Kreditkarten und dem Kleingeld im Portemonnaie. Voll Ekel, doch auch mit ungeahnter Gier, die Mundwinkel zu einer unbegreiflichen Grimasse verzogen, mit tropfendem Speichel, der nach leerem Magen roch, tauchten sie die Arme bis zum Ellbogen in den Müll oder stellten sich vor den Restaurants auf und stritten um die Reste. Das ist ein Bankrott auf ganzer Linie, fügte Ignacio zwischen schrillen Niesern hinzu, entweder haben die Leute gar keine oder nur miserable Arbeit, oder ihre Löhne wurden eingefroren, oder sie warten auf ein Gehalt, das niemals kommt. Dennoch arbeiteten die Leute weiter, weil man sich besser abrackerte, als zu Hause die Hände in den Schoß zu legen, besser bis tief in die Nacht paukte, als vor dem Fernseher zu dösen, falls der Strom nicht schon wegen Zahlungsverzug abgestellt worden war; besser man beschäftigte sich, als mit knurrendem Magen den leeren Kühlschrank anzustarren. Und da bin ich, fuhr Ignacio fort, der ich jede Münze zweimal umdrehe, der ich nie etwas kaufe, was ich nicht brauche, jetzt schon gar nicht, da wir die Wohnung möblieren wollen, der ich einen Horror davor habe, in einem fremden Land ohne Bargeld dazustehen, ich, wiederholte er, als spräche er mit sich allein, der ich mich bei jeder Versuchung beherrsche, damit die Konsumwelle nicht über mir zusammenschlägt (aber manchmal sitzt dir beim Kaufen der Geldbeutel auch locker, dachte ich bei diesen Grundsatzerklärungen), ich bin also, und wer weiß, was du nun von mir denken wirst, bin also losgegangen und habe alles ausgegeben, was ich hatte. Noch den letzten Cent des letzten Dollars habe ich auf den Kopf gehauen, habe jeden argentinischen Peso verjubelt, Wildfremde auf ein Bier oder ein Glas Wein eingeladen, die Rechnung von Leuten bezahlt, mit denen ich in Kaschemmen, vor Sandwichbuden an der Ecke, in familiären Grilllokalen zusammengesessen habe, denn das argentinische Rind macht keine Krise durch; ich habe Trinkgeld noch und noch gegeben. Das schien das Ende einer epischen Geschichte zu sein, die mich schockierte, doch dann fügte er hinzu, fast atemlos inzwischen, mit verschnürter Kehle, verstopfter Nase, er habe all das in der blödsinnigen Absicht getan, den Zusammenbruch aufzuhalten. Du allein, mit ein paar Dollar? Wie ein zweitklassiger Konquistador mit buntem Glas? Ja, ja, du hast recht, mir ist nichts anderes eingefallen, sagte er und schluckte, ich bin nicht dagegen angekommen, bin wie ein Besessener in die Läden gegangen, um etwas zu kaufen, irgendwas, alles war im Angebot, und als Letztes dann diesen Koffer für all die Geschenke, die ich dir mitgebracht habe. Ich hörte, wie ein Reißverschluss aufging, den Ignacio *cremallera* nannte und der bei manchen älteren Leuten hier, Chilenen arabischen Ursprungs, immer noch *marruecos* heißt, und die Metallzähne öffneten sich, damit Ignacio Kleidungsstücke *made* in der Pampa hervorziehen konnte. Er hoffe, sie gefielen mir, und sei es nur beim Anfassen. Denn das hier, sieh mal, wie weich, sei eine lange Jacke aus Schaffell. Hundert Prozent argentinisches Schaf, zugeschnitten und genäht von verzweifelten Händen. Ausgewählt unter Hunderten von Jacken, die die Verkäuferin mit der Koketterie einer anderen Zeit vor ihm Revue habe passieren lassen. Sie seien dort alle so klein wie ich. Und dunkel auch, sagte er, *morochas*, wie man in den *arrabales* von Buenos Aires sagt. Mit pechschwarzem Haar und ein wenig füllig, trotz oder wegen der Armut. Und während Ignacio von diesen Mädchen sprach, die für eine kleine Verkaufsprovision vor ihm gemodelt hatten, reichte er mir zwei Wollpullis und ein Paar Lammfellhandschuhe, einen Gürtel aus Cordovanleder, der meinen Fingerspitzen behagte, ein Hemd, das sich wie Samt anfühlte, aber samt und sonders, wie er mich aufklärte, aus irgendeinem Fell war. Und ist alles schwarz? Alles schwarz, sagte er, vom schwärzesten Schwarz.

vom Nutzen der Zeitungen

Mitten im Treibeis von Santiago wiederholte Ignacio unaufhörlich, ist das kalt, meine Füße sind Eisklötze. Seine Füße hätten einer Leiche gehören können, trotz Wärmflasche und drei Paar Socken. Stellt ihr hier keine Heizung an? Doch, ab und zu, gewöhnlich am Nachmittag. Olga riss frühmorgens alles auf, um das Haus zu lüften, und der Winter fuhr durch Türen und Fenster und ließ sich unmöglich mit einem Paraffinofen wieder austreiben, der weniger Wärme als Höllendämpfe aussandte. Der kalte Luftzug stärkte das Familienleben, zwang dazu, Streitigkeiten aufzuschieben und bei Tisch oder in ein und demselben Bett konzentrierte Wärme zu suchen. Aber tagsüber waren nur Ignacio und ich im Haus. Meine Brüder tauchten gewöhnlich nur am Wochenende kurz auf, sofern sie in der Stadt waren. Meine Eltern waren durchgehend in ihren jeweiligen Krankenhäusern oder Praxen, mal bei Vertretungen, mal bei Hausbesuchen. Kommst du nicht um vor Kälte, beharrte Ignacio und rieb sich die Hände, als wollte er mit einem Stab ein Lagerfeuer entfachen. Ich war darauf trainiert, der feuchten Kälte zu widerstehen, die ihm in die Knochen drang. Er klapperte mit den Zähnen. Stand auf und machte Kniebeugen, damit er nicht steif wurde. Hastig wühlte er in einer Schachtel, ein Streichholz kratzte in meinen Ohren, und ich hörte ihn an der Zigarette saugen, trotz seiner imaginären

Erkältung. Ich konnte mir ausmalen, wie er zarte Spiralen blies, die sein forcierter Husten wieder zerstörte, sein trockener Husten und seine markante Stimme des wehleidigen Galiciers. Der Winter in meinem Santiago erinnerte ihn an den Winter in seinem, dem von Compostela, und wieder erzählte er mir, dass er als Kind neben einer Wand geschlafen habe, durch die Kondenswasser gesickert sei, die ganze Kindheit über sei er krank gewesen, mit Hautausschlag, die Ohren hart von Frostbeulen. Er übertrieb seine Leiden oder erfand sie, um nicht von den unseren zu sprechen. Wir müssen uns bewegen, beschloss er hastig und vorhersehbar und beendete sein Gejammer. Bewegst du dich nicht pausenlos wie ein Gefangener in der Zelle? Wir müssen dieses Haus verlassen, verbesserte er sich, hier drinnen ist es noch kälter als draußen. Das Auto lässt sich doch heizen, nicht wahr? Ja, mehr oder weniger, sagte ich zweifelnd, wenigstens durch die Motorwärme. Ich will eine andere Zeitung kaufen, denn die im Haus hier taugt nichts. Zum Fensterputzen ist sie ideal gewesen, dachte ich, und um Eier und den Fisch vom Markt einzuwickeln, aber ich ließ ihn von den klimatischen Beschwerden zu den Zeitungen wechseln und erklärte es ihm dann. In allen steht das Gleiche, Ignacio, hier gibt es nur die rechten Zeitungen der Opposition. Es gibt keine linken Zeitungen. Keine Zeitungen der Mitte. Keine einzige Zeitung mit verlässlichen Informationen. Ignacio schnaubte. Wohin könnten wir fahren? Wieder stand er vom Stuhl auf, und wieder setzte er sich, schlug die Beine übereinander. Dann stieß er so etwas wie ein Uff aus und sagte, nein, das kann nicht sein, griff zu einer weiteren Zigarette und strich ein Streichholz an. Betont langsam blies er den Rauch aus und sagte, ein Jammer, dass wir nicht loskönnen. Und warum nicht? Ich kenne Santiago nicht, sagte er, ich bin nie in Santiago Auto gefahren, hastig rammte er den Rest der Zigarette in den Aschenbecher und schwieg. Was heißt, wir können nicht los, natürlich, ich führe dich, ich kenne Santiago wie meine Westentasche. Ich erklärte ihm, wo die Schlüssel des Autos sein mussten, das einmal mir gehört und seitdem treu auf meine Rückkehr gewartet hatte, und wir gingen hinunter, ich ein wenig hinkend, Ignacio im Laufschritt, hinunter zur Haustür und zum Gitterzaun, und weiter ging es die langen Straßen hinab, die sich hinter uns in den Bergen verloren und auf ihrem Weg nach unten in einem der neuralgischen Plätze der Stadt mündeten, die Rotonda mit dem Kreisverkehr. Da haben sie einen Minister umgebracht, sagte ich zu Ignacio und zeigte nach vorn, ohne genau zu wissen, wohin. Sie haben eine Rechnung beglichen, während der ersten Monate unter den Sozialisten. Das war der Funke für das Kommende, der Präsidentenpalast in Flammen, die offene Wunde der chilenischen Geschichte. Ja, sagte Ignacio, der alles über Politik wusste, aber nichts über Straßen oder Motoren. Ignacio, der das Autofahren hasste, der sich jetzt durch die Stadt schlängelte, um der Klaustrophobie zu entkommen. Er beschleunigte ein wenig, damit seine Ängste ihn nicht einholten, und fuhr auf mein Kommando Richtung Westen. Ich stellte mein Gedächtnis auf Autopilot und gab ihm so genaue Anweisungen, dass ich selbst überrascht war: Nimm die linke Spur, bleib aber auf der Costanera, ja?, das ist die breite Straße, dann fahr ein Stückchen weiter, und nach ein paar Ecken, wenn wir an eine große Kreuzung mit drei Ampeln kommen, nimmst du die für Linksabbieger, dann geradeaus und Vorsicht an der versteckten Vorfahrtsstraße hinter den Bäumen. So durchquerten wir Santiago. Und hier abbiegen, hinauf Richtung Berge. Ich sehe keine Berge, sagte Ignacio. Sie müssen da sein, sagte ich, die dichte Wolke der Fabrikschornsteine verdeckt sie. Und da an der Ecke müsste auch das Schild sein. Ein kleines Holzschild? Siehst du es? (Mach die Augen auf, Ignacio, du siehst es, ohne es zu sehen.) Nichts, seufzte Ignacio erschöpft wie ein frisch Erblindeter. Ich sehe bloß einen geschlossenen Laden, dessen Schaufenster mit Zeitungspapier verklebt ist. Von oben bis unten alte Zeitungen, von der Sonne vergilbt. Da habe ich immer Bücher gekauft, sagte ich in einem unnötig tragischen Ton, und dann: Fahr langsam, vor der nächsten Ecke kommt noch eine Bremsschwelle. Siehst du eine riesige Kastanie zur Linken? Dann ist es die nächste Straße, hinter einem grünen Kiosk. Links muss es einen Parkplatz geben. Ich reiche ihm Münzen. Das Café hat einen Vorbau mit Plastikplanen und Heizpilzen. Sind wir da? Ja, sagt Ignacio, und seine Worte verdünnen sich vor dem nächsten Niesen. Wir setzen uns, bestellen zweimal Milchkaffee und ziehen aus einem Haufen eine zerfledderte Zeitung.

Schmerzmittel

Lethargie, kein Zeitplan, kein geregelter Tagesablauf. Vormittags blieben wir im Bett wie ein arbeitsloses Pärchen, wie zwei Rentner oder zwei hoffnungslos Süchtige, süchtig der eine nach dem anderen. Unter der Decke lebten wir in einem Wirrwarr aus Zeitungen, Kassetten und Verwahrlosung, von Schläfrigkeit und geilen fleischfressenden Fingern, mit dem Beigeschmack von Grippe- und Schmerzmitteln bei Ignacio, von Schmerz- und entzündungshemmenden Mitteln bei mir. Ignacio streckte ein erfundener Virus nieder, mich, abgesehen von allem anderen, Stiche, Nadeln in der Leiste. In manchen Momenten am Tag, aber vor allem in den endlosen Nächten, wurde meine Hüfte noch steifer, und bei jeder Wendung auf der Matratze zuckte ich und wand mich. Dann ließ ich reglos einen Ansturm von Nägeln über mich ergehen, die meinen Körper durchbohrten und schließlich in meiner Schlaflosigkeit stecken blieben. Mein Kopf raste weiter bis zur Müdigkeit des Morgengrauens. Ignacios Kopf dagegen fiel von all den Pillen ins Koma, und sein Schnarchen war wie ein Knurren, manchmal auch nur ein dumpfes, gequältes Pfeifen, fast ein Seufzen. Sein Schlaf war so unruhig, so ermüdend wie mein Schlafmangel, und ich wollte ihn aufwecken, um ihm ein wenig Sex zu bieten. Nur ein wenig, um endlich einzuschlafen. Ignacio, flüsterte ich, Ignacio, und wartete auf ein Zeichen. Aus dem tiefen Brunnen seines Bewusstseins stieg ein heiserer Laut empor, der andeutete, dass er selbst zwar nicht anwesend war, sein Körper aber zur Verfügung stand. Als Erstes fuhr ich mit der Zunge an seinem Lidrand entlang, ganz langsam, und während mein Mund sich seiner Augen bemächtigte, empfand ich das grausame Verlangen, wild an ihnen zu saugen, sie mit meinem Gaumen in Besitz zu nehmen, als wären sie kleine Eier oder riesiger Rogen, erregt und steif geworden, doch Ignacio, halb schlafend oder schon halb wach, weigerte sich, sie zu öffnen, sich diesem jüngst entdeckten Verlangen zu beugen, und anstatt mir zu geben, was ich wollte, stieß er mich nach hinten auf das Bett und steckte mir die Zunge ins Ohr und zwischen die Lippen, wagte es aber nicht, meine kranken Augen zu lecken, als ich ihn darum bat, vielleicht empfand er Angst, Ekel vielleicht, stattdessen biss er in meine Nippel, diese offenen Augen der Brüste; und inzwischen war auch ich hellwach und drückte ihn wieder rücklings aufs Bett, vergaß meine Schmerzen und küsste ihn am Schenkelansatz, zwischen den Beinen, die nach Feuchtigkeit und Eingesperrtsein rochen, nahm die Spitze seines Körpers in den Mund, als würde mich eben das am meisten erregen, auch wenn es eher das Gefühl war, dass meine Zunge sich da unter ein dickes Lid aus runzliger, verborgener Haut schob, das Gefühl, dass sich unter diesem Lid Ignacios blindes Auge befand, rund und weich, das sich hingab, unter meiner Zunge versteifte, bis es unter Zuckungen eine Träne vergoss, in meinen Mund. Ich verschlang die Träne und kletterte Ignacios Körper empor, um mich über seinen Nabel zu beugen und auch in dieses Becken vorzudringen. Doch Ignacio nahm mich bei den Schultern, zögernd, unschlüssig, ob auch er sollte, ob auch ich wollte, ob es möglich sei, denn zwischen uns klaffte wie ein tiefer Schnitt die Mahnung des Arztes, die ärztliche Warnung vor der Gefahr, Ignacios Horror, ich könnte erneut bluten, meine Augen könnten platzen. Aber Ignacio, flüsterte ich, das ist schon geschehen, ich bin schon voller Blut. Lass dich mit mir fallen, sagte ich, zu allem entschlossen, sagte es wie eine Risikosportlerin am Gummiseil, bereit, mich von einer besonders hohen Brücke herunterzustürzen, einfach auf gut Glück. Doch mein Gurt war nicht sicher. Doch sein Herz war anfällig. Doch mitgerissen von meinem Sprung, schloss Ignacio die Augen, biss die Zähne zusammen und bat mich, in der Luft wenigstens keine Drehungen zu vollführen.

da sage ich ihr, sagte sie

Die Tür öffnete sich, aufgestoßen von einer ungelegen kommenden Stimme, darf man? Es war Olga, die mit nasalem Unterton ihren legitimen Groll gegen die Ruhe der anderen mit sich schleppte. Ihre Arbeit bestand aus Putzen und Kochen, aber es gab ungeschriebene Aufgaben: jederzeit verfügbar sein, mit einem offenen Auge schlafen, im Morgendämmer aufstehen und meine Eltern mit Frühstück und Zeitung wecken. Zum Ausgleich gönnte sie sich Tag für Tag winzige Vergeltungsschläge, die sie als Pflicht rechtfertigte. Noch im Bett? Schon stand sie neben uns und schüttelte geräuschvoll den Vorleger aus. Na los, steht auf, es ist schon zehn, ich warte nicht den ganzen Tag auf euch. Aber du musst nicht auf uns warten, Olga, wir können unser Bett selbst machen, sagte ich, öffnete schließlich das blindere Auge und dachte, während ich im Geist gegen sie wetterte, dass jeder Protest verschwendete Spucke war. Olga würde es niemals zulassen, dass ich die Hausordnung umwarf, ihre Gesetze, die sie mit mehr Autorität als sonst jemand aufzwang, und wenn nicht, verschanzte sie sich hinter ihrem Alter. Die Betten in diesem Haus mache ich, sagte sie, das ist meine Arbeit. Dafür bekomme sie ihren Lohn, fügte sie hinzu und öffnete die Fenster neben uns, ohne sich darum zu scheren, dass wir eigentlich noch schliefen, vielmehr nackt auf der Matratze lagen und uns gerade noch an den Bettzipfel geklammert hatten. Olga, gibst du uns eine Minute, damit wir uns anziehen? Wozu, fragte sie, immun gegen die kalte Luft, als hätte ich dich und deine Brüder nicht von klein auf nackicht gesehen, deinen Vater sogar, deinen Vater, der immer noch in diesem alten Pyjama rumläuft. Aber Olga, das ist eine Ewigkeit her, inzwischen sind uns Haare gewachsen, Speckröllchen, graue Strähnen, allzu dunkle Muttermale, Hühneraugen. Und soll Ignacio etwa auch. Olga redete weiter, machte sich ihre ganz persönliche Taubheit zunutze. Es klang wie eine Predigt, als sie sagte, wer hat euch gebadet, als ihr klein wart, na, zu zweit in der Badewanne, jeder auf einer Seite, ich habe euch die Haare gewaschen, euch mit dem Schwamm eingeseift und abgespült und angezogen. Deine Mama hat nicht mal die Geduld gehabt, euch das Essen zu machen, sie ist ab ins Krankenhaus und hat mir den ganzen Krempel überlassen. Das hatte deine Mama gut raus, das Weglaufen. Als wäre der Teufel hinter ihr her. Olga warf meiner Mutter vor, ihre Pflichten auf sie abgewälzt zu haben, und gab ihr insgeheim die Schuld daran, dass ich so jung aus dem Haus gegangen war, zuerst in ein dürftiges Zimmer in einem anderen Viertel, dann nach Mexiko, anschließend nach Madrid, unter dem Vorwand, zu schreiben, und schließlich nach New York, unter dem Vorwand, mit einem Stipendium weiterzustudieren. Wir waren Verbündete im Groll gegen meine Mutter. Nur grollte ich ihr nicht wegen der Leidenschaft für ihren Beruf, warf ihr nicht vor, wegen der Arbeit die mütterliche Fürsorge vernachlässigt zu haben; unerträglich war für mich, dass sie das Krankenhaus zu uns verlegt, mich zu ihrer Patientin gemacht hatte und meine unheilbare Krankheit zu ihrem persönlichen Unglück. Dass sie mich mit ihrer Qual quälte. Dass sie mich nicht einfach ihre Tochter sein ließ. Damit ich ihre Tochter sein konnte, hatte ich mich losreißen müssen. Ignacio war noch immer benebelt von den Grippemitteln, die er auch zum Einschlafen nahm. Eine Böe fegte ins Zimmer. Mechanisch zog ich mir das nächste T-Shirt in Reichweite über, stand jedoch zitternd neben Olga und beschloss, wieder ins Bett zu gehen. Kommt nicht infrage, sagte sie, ihr steht mir jetzt auf, und zwar sofort, damit ich das Bett machen kann; wenn ihr wollt, könnt ihr euch danach wieder hinlegen, aber nicht auf diesem Wust von Bettwäsche. Weißt du nicht, wie böse deine Mutter mit mir wird, wenn sie diese Schlamperei sieht? Und das ist nicht gerecht, sage ich ihr, sagte Olga, das ist wirklich nicht gerecht. Schon gut, Olga, ich lenkte ein, aber geh einen Moment hinaus, damit wir uns anziehen können. Sie gab nach, führte aber Selbstgespräche vor der Tür, laut genug, damit ich sie hörte, und noch etwas sage ich deiner Mami, sagte sie, wenn die Kleine ein Kind haben will in dem Zustand, soll sie ruhig, ich kümmere mich drum, Ignacio reichte mir einen Pulli, während er sich die Jeans zuknöpfte und ein Hemd überwarf, aber eigentlich sagte sie all das zu mir. (Zu mir, aber auch zu dir, Ignacio, das mit dem Baby, sie meinte das Kind, das wir zeugen sollten, damit sie es großziehen konnte.) Möge Gott sie mit Kindern segnen, damit ich mich drum kümmern kann. Keine Kinder, sagte ich tief in meinem Innern, ich will Augen, neugeborene Augen, mehr nicht. Ja, sagte Olga, stieß die Tür auf und kam wieder herein, als hätte sie mich gehört und wollte antworten, du musst dich um nichts sorgen, außerdem weiß ich, dass der Herrgott dir helfen wird bei dem, was du hast. Heile sie mit deiner Kraft, sage ich ihm, und er sagt, ja, er wird dich heilen, wenn du an ihn glaubst. Olga sprach jetzt abwesend, wie zu sich selbst, das sage ich deiner Mama immer, aber sie hört nicht auf mich; glauben Sie an den Herrn, sage ich, fuhr sie fort und zitierte sich selbst, wenn Sie den Herrn in Ihr Herz einlassen, müssten Sie nicht leiden, denn der Herr wird der Luci die Augen heilen. Darum bete ich Tag und Nacht, darum bete ich, wenn ich Kartoffeln in die Pfanne werfe und Zwiebeln anbrate, ich bete sogar, wenn ich die Unterhosen deines Papas bügle, fuhr Olga fort, leicht weggetreten, wozu, glaubst du, habe ich lesen gelernt? Um die Bibel zu verstehen, um den

Herrn zu ehren, ihn um etwas bitten zu können. Sogar um Geld bitte ich ihn manchmal, wenn's mir fehlt. Ich weiß, er wird dir die kaputten Augen austauschen und neue einsetzen, wie frisch aus dem Laden. Ob ich sie ihm in Raten bezahlen kann, ohne Zinsen? Mach dich bloß nicht lustig, sagt Olga todernst, wirst schon sehen, dass es stimmt, was ich sage, sagt sie wieder drohend. Wirst schon sehen, und sie spielt die Wütende, während ich sie umarme.

kommt ihr zurecht?

In Santiago war es kalt, aber noch kälter am Strand. Noch mehr Messer in der Luft und die Worte lauer Dunst. Noch mehr Schimmel an Wänden und Fensterrahmen, noch mehr Gitter und Sperrholz, um die Fenster vor Steinwürfen zu schützen. Man musste ins Haus vordringen und es dann auspacken, entstauben, lüften, den Dochtbrenner des Öfchens anzünden und die nassen Handtücher trocknen, die feuchten Vorhänge. Was wir bei unserer Ankunft immer getan hatten, Jahr für Jahr. Die toten Motten auf dem Linoleum wegfegen, auf der Kuhhaut, die meine Großmutter von Patagonien bis hierher geschleppt hatte. Die Betten machen. Strom und Wasser anstellen. Mein Vater steuerte das Auto die exakt hundertzweiundsechzig Kilometer auf der Panamericana bis Concón und gab Ignacio dabei alle möglichen Instruktionen, die ich mir ebenfalls merkte, für alle Fälle. Genau dieselbe Zahl an Metern und Zentimetern legte hinter uns meine Mutter zurück, die Stirn gerunzelt bei all den Gedanken, die wie Peitschenhiebe waren, etwa über die Mühe, die es sie gekostet hatte, Frau zu sein, über die selbst gewählte Falle der Mutterschaft, über den Kummer, ein Problem gezeugt zu haben, ohne es lösen zu können: all das veranstaltete einen betäubenden Lärm in ihrem Geist, während sich unbemerkt im Hintergrund Sonaten von Beethoven oder vielleicht Mozart drehten. Meine Mutter und mein Vater mit zwei Autos unterwegs zum selben Ort, damit sie uns eines davon überlassen konnten. Man musste ihnen dankbar sein. Und wir bedankten uns, vielen, vielen Dank, vor allem Ignacio. (Weshalb so viel Dankbarkeit, Ignacio, wozu, wenn meine Mutter und ich dir doch alles schulden würden.) Aber nicht doch, Junge, sagte sie, das ist das Mindeste, was. Und sie unterbrach sich, als hätte sie den Faden verloren, wäre sprachlos, aber da half mein Vater uns aus der Klemme und sagte, los Kinder, zu Tisch, das Essen ist aufgetragen, und als er mich vermutlich zerzaust und abwesend sah, schickte er hinterher: Lucina, *hija*, mach dich ein bisschen zurecht, fürs Mittagessen, ja? Nein, Papa, bei mir ist nichts mehr zurechtzubiegen, aber ich fuhr mit der Hand zum Kopf, kämmte mich mit den Fingern und ging beim Geruch des Essens im Geist die alten Strandferien durch, ging Jahre zurück, und an meinen Füßen fingen sich im Wirbel der Zeit Wollmäuse, Holzspäne, Staub, Schorf, Salz, trockene Erde auf steilen Lehmstraßen voller Schlaglöcher, und hinter Eukalyptusbäumen, die bittere Winter zu Fall bringen konnten, flirrten Hunderte von Sonnenuntergängen in meinen Augen. Ich durchstreifte diese Landschaften mit Schritten, die genau bemessen sein sollten, aber eher umherirrten, ins Abstrakte gingen, Schritte im Licht von nackten, feindlichen Sternen, die mich zu Stränden führten, an denen ich einmal gebadet hatte, an denen sich Wellen aufbäumten, durchwachsen von Algen und dickem, gallenartigem Schaum, in denen ich untertauchte und wieder zum Vorschein kam, das Haar voll von Müll, Supermarkttüten, Windeln, die vor Kacke trieften. Und im Hintergrund ein Mann, der süße Eierbrötchen oder Waffeln ausrief. Ich hörte das Geräusch der Stühle, des Bestecks. Es roch nach frisch getoastetem Brot. Dieselbe Leinwand zeigte nun meine Cousins und Cousinen an einem Tisch, vor sich ein Sammelsurium aus Eiern, Würsten, Tomaten und Mortadellabrötchen, sie aßen mit Strandhunger, der Badeanzug noch feucht und die Strähnen starr von Salz, an den Knöcheln schwarzer Sand. Señora Alicia brachte noch mehr Käse. Heute knarrten die von der Feuchtigkeit verzogenen Türen, vor Altersschwäche hatte der Kühlschrank das Kühlen aufgegeben, die Waschmaschine war nicht mehr zu gebrauchen. Zu viert aßen wir Grillfleisch mit Kartoffeln, die vertraute Familie, die wir waren und doch nie ganz sein würden. Meine Mutter bot Pulverkaffee an, den nur sie wollte; und im Kesseldampf tauchte Señora Alicia auf, fünfzehn oder zwanzig Jahre älter. Sie sprach meinen Namen aus, ein Señorita davor, und erstarrte, vielleicht erschrocken, ihre Schuhsohlen quietschten auf dem Linoleum. Sie konnte mich nicht küssen, als ich aufstand, sie reichte nicht herauf, zwergenhaft, wie sie schon immer gewesen war, und das Alter hatte sie noch schrumpfen lassen, wie mein Gedächtnis. Sie ragte kaum vom Boden auf, aber das hatte ich inzwischen vergessen. Ich hätte mich vergebens hinabgebeugt, um ihre Wange zu suchen, diese harte, glänzende, dunkle Haut, gefeit gegen die Zeit. Ihre runzligen Finger. Anstatt einen Kuss zu versuchen, drehte sie sich um. Sie grüßte mich nur von Weitem, hielt sich den Mund halb zu und schloss sich dann in der Küche ein, um zu weinen, als hätte sie Abschied von mir genommen. Aber vom Weinen der Señora Alicia hörte ich erst später, wie von vielem anderen. Ich verstand nur die Stöße und Tritte, die eingeklemmten Finger im Kofferraum, als mein Vater einen kaputten Sonnenschirm verstaute, den sie nach Santiago mitnehmen würden. Ich zog den hartnäckigen Schmerz in der Leiste vor, der in einer verständlichen Sprache zu mir sprach. Er war eine trockene, grobe Warnung, eine konkrete Botschaft, mit ihm ließ sich ein einsames Gespräch führen. Ich spürte Ignacios Finger in meinen Rippen. Dein Vater redet mit dir, sagte er. Oder mit uns. Kommt ihr zurecht, wiederholte mein Vater, bevor er abfuhr. Meine Mutter sagte nichts, sie blieb still neben uns stehen, bis mein Vater auf die Uhr zeigte. Ein salziger Wind strich über den Hof, über die zerzausten Wipfel der Pinien, über unsere zerzausten Köpfe. Mein Vater hupte zweimal, und sein Dodge tauchte unter im wirbelnden Sand.

Austern ohne Perlen

Das Gedächtnis und seine Wahrnehmungsgesetze diktierten mir die Landschaft. Über der Strandpromenade flogen die kreischenden Möwen auf und ließen einen allzu sesshaften Pelikan verloren zurück; die Möwen tauchten im Steilflug in den Abend, dann im Sturzflug in die Wirbel der Flut, die mit dem Mond anstieg und den schwarzen Strand bedeckte. Der Mond verlor sich hinter den Bäumen, man erahnte ihn nur durch den Schimmer. Nach dem Licht zu schließen, sagte Ignacio, müsste da hinten der Mond sein, und er nahm meine Hand und ließ mich mit dem Zeigefinger auf einen bestirnten, doch grausam verwaisten Himmel deuten. Aber der Mond hätte mir nicht gleichgültiger sein können, wichtiger war mir, dass die Welt sich schneller um ihre Achse drehte, die Zeit des Wartens kürzer würde. Ignacio eroberte sich eine verkrümmte Zigarette zurück und rauchte sie langsam auf. Ich habe Hunger, sagte er und blies mir Rauch ins Gesicht. Er habe Lust auf chilenische Meeresfrüchte. Warum ziehst du die Brauen hoch? Nur so, log ich und dachte, wenn sie ihm nicht bekamen, würde ich ihm nicht beistehen können. Auf gut Glück dirigierte ich ihn zu der kleinen Fischerbucht, über einen Weg voller Schlaglöcher, die sich in der Nacht verbargen. Es ist stockdunkel, sagte Ignacio und strengte seine Augen an. Weiter geradeaus, entgegnete ich gleichgültig. Wohin führst du mich? Ist es noch weit? Den Strand entlang, wenn du hinter den Ölraffinerien die Tankstellen siehst, biegst du links ab. *La Ostra* oder *La Perla del Pacífico*. Da, da ist es, rief Ignacio, und sein Magen rumorte, nichts wie hin. Als wir ausgestiegen waren, übernahm Ignacio die Führung, ein Stein, eine Stufe, jetzt geradeaus, und auf hartem Boden wurde mir schurrend der Korbstuhl untergeschoben. Die Kellnerin. Die Speisekarten. Ein Plastikbrotkorb, Servietten. Wir bestellten Seeigel, aber da herrschte gerade Fangverbot. Wir bestellten *locos*, aber auch kein Glück mit den Meeresschnecken. Austern? Die hat es hier noch nie gegeben. Und Flusskrebse? Um diese Zeit schon aus. Es gab nur *choritos al pil pil* und vielleicht noch die eine oder andere *choro zapato*, und da Ignacio mich mit dem Knie anstieß, spielte ich Simultanübersetzerin: Zwerg- und Riesenmiesmuscheln. Und vielleicht Venusmuscheln. Mehr Meeresfrüchte haben Sie nicht? Die genannten und den Fisch, *patrón*, sagte die Frau und drosch das *patrón* mit einem Rattern heraus, alles ganz frisch. Bestellen wir Ceviche, schlug Ignacio vor; ich nahm Meeraalsuppe. Wir fingen mit einem Stück Brötchen an, schon etwas hart, und einem Schluck Wein, schon etwas lauwarm, und als man die Gerichte brachte, merkte ich, was ich vergessen hatte. (Meine Tasche. Die Insulinspritze. Ich hatte sie vergessen, weil ich sie nicht sehen konnte, Ignacio, aber auch, weil ich dich auf die Probe stellen wollte.) Ignacio schoss davon, über den finsteren Weg bis zum Fertighaus mit dem roten Dach, während ich den Dampf des Meeraals einsog, ohne davon zu probieren, und geduldig auf der Tischdecke Brotklümpchen zu Kugeln rollte. Die Kellnerin kam und ging, kam wieder und ging wieder, soll ich Ihre Suppe ein wenig aufwärmen, während Sie warten, und ich nickte, damit sie beschäftigt war und mich nicht mehr bespitzelte, denn die Minuten vergingen, und Ignacio kam nicht wieder, verloren inmitten unbekannter Ortschaften, in Sackgassen gestrandet. Und ich hatte kein Geld, um das Essen zu bezahlen, wenn Ignacio nicht zurückkam. Kein Geld für ein Taxi, dachte ich, das hier sowieso nicht zu bekommen war; ich hatte nicht einmal Schlüssel. Da ist Ihr Mann, seufzte die Kellnerin erleichtert und brachte mir die aufgewärmte Suppe, der Fisch schon aufgelöst. Ja, er war es, ein keuchender, verärgerter, hungriger, aber siegreicher Ignacio, wie ihn mir mein Geist, das Gedächtnis plündernd, vor Augen führte: Ignacio schwenkte die Insulinampulle wie eine Fahne, die er auf den Tisch pflanzte. Ich legte die Hand auf die Tischdecke. Die Spritze fehlte.

Kreuzworträtsel

Gewickelt und verwickelt in Decken wie Hunde, die Ohren kalt, die Nasenspitze feucht. Reflexartig öffnete ich die Augen und begriff, dass ich aufgewacht war, drehte mich aber wieder um. Meereslicht brandete immer stärker gegen die Lücken der Vorhänge, das teilte mir Ignacio mit, und ich wachte vollends auf, um ihm zu sagen, Meereslicht könne es nicht sein, wir seien mitten in einem Ort, im Umkreis nur die Erde unbefestigter Wege und Pinien, die ihre Zapfen auf das Dach warfen. Bring mich nicht durcheinander. Stimmt, sagte Ignacio und stolperte über eine Wärmflasche auf dem Boden wie über ein totes Kind. Er duschte, so schnell er konnte, ich ebenso, hielt mich aber länger auf mit dem Versuch, nach der Seife zu fassen und das Shampoo zu treffen. Mit tropfenden Haaren machten wir unsere Einkäufe fürs Mittagessen. In den Gängen des Supermarkts begab sich Ignacio auf die Jagd nach Wörtern auf den Büchsen, ob es nun Aprikosen, Erbsen oder Bohnen waren: *damascos* statt *albaricoques, arvejas* statt *guisantes, porotos* statt *judías*, und ich blieb vor einem Regal stehen, fuhr mit den Fingern wie ein Laserscanner über die Oberflächen und sagte, die Büchsen hier heißen *tarros* statt *latas* und enthalten *choclo* statt *maíz*. Nicht so laut, sagte Ignacio und dann, was du da anfasst, sind Oliven. Wenigstens gelbe Oliven, fragte ich, eher grüne, entgegnete Ignacio. Etwas später machten wir uns zur Kasse auf. Und ich weiß, dass im späteren Später das Auto vor einem Kiosk hielt, dass Ignacio ausstieg und die Tür zuschlug, dass er mit dem Zeitungshändler redete, ihm eine Hand mit Münzen hinstreckte und bat, er möge sich bedienen, denn er habe noch seine Mühe mit den Münzen. (So habe ich es in Erinnerung, als hätte ich es mit eigenen Augen gesehen.) Und noch später kam Ignacio mit der x-ten Zeitung der Woche zurück, damit er in allen Einzelheiten die Krise verfolgen konnte, die die Welt jenseits von uns erschütterte. Da, das ist für dich, hörte ich ihn sagen. Ich ertastete ein paar Heftchen aus schlechtem Papier. Was ist das? Ich lächelte. Pornozeitschriften in Brailleschrift? Ich hörte, wie sich ein Lachen an Ignacios Stimme hängte: Pornozeitschriften für Blinde, auch für geübte Sehende geeignet. Schuljungen, die unter dem Pult einen Porno mit der Hand lesen. Und nicht zu vergessen die Mädchen, stimmte ich ein, die den Voyeurismus der Finger entdecken. Ja, natürlich, sagte Ignacio, all die Schülerinnen der Gymnasien, Privat- und Nonnenschulen. Gut, aber was ist das hier. Willst du nicht raten? Nein, ich will nicht, den ganzen Tag über tue ich nichts anderes, so viel Rätseln bringt mich um. Kreuzworträtsel, sagte er, und ich, Kreuzworträtsel? Was will ich denn damit. Wollen wir, verbesserte Ignacio, damit wir die Wörter nicht vergessen. Er musste in einer Kiste meine Hefte voller Wörter gefunden haben. Nicht mit bedeutenden Zitaten, mit Lektürelisten, schon gar nicht mit Tagebuchaufzeichnungen. Einsame Wörter, die ich sammelte, damit ich sie später für mich arbeiten lassen konnte. Wörter, die mich von einer Idee zur nächsten führten, ohne dass ich ein Wörterbuch gebraucht hätte, dieses stehende Gewässer, diesen Wörterteich. Kreuzworträtsel waren Gebilde aus sinnlosen Wörtern, die sich nur deshalb kreuzten, weil sie zufällig einen Buchstaben teilten. Ein geteilter Buchstabe als einzige Bedingung, dachte ich. Jedes Wort nackt und an verschiedenen Stellen von anderen durchquert. Schickst du mir gerade eine verschlüsselte Botschaft? Wieder fing Ignacio zu lachen an, nach innen und dann nach außen, ein lautes, glückliches Lachen, das mich verblüffte. Ich ließ ihn lachen, einer von uns musste sich die Freude bewahren, und so fuhren wir weiter, er lachend, ich verblüfft, über Wege, die sich wie Wurzeln in die Länge zogen und uns bei offenem Fenster in Staub und Eukalyptus hüllten. Wir setzten uns ins

Wohnzimmer. Lass den Walkman liegen, sagte Ignacio, bei all den gesprochenen Büchern wirst du noch Autistin, und dann verkündete er: Bekleidung. Sechs Buchstaben, fügte er hinzu und ließ sich neben mich fallen wie ein nasser Lappen. Tracht? Möglich, und sein Bleistift schrieb es hin. Arabischer Schnaps, vier Buchstaben, müsste mit a anfangen. Arak. Herrschen, fängt mit r an, acht Buchstaben. Regieren? Ich hörte, wie der Bleistift über das Papier kratzte, die leeren Kästchen ausfüllte. Du lässt mir keine Zeit zum Denken, Ignacio. Was haben wir hier, Amboss des Silberschmieds. Keine Ahnung. Stöckel. Halbe Kanaille? Wie viele Buchstaben? Wenn es vier sind, vielleicht Kana oder Ille. Nobelpreisträgerin mit sieben Buchstaben, darüber das Foto einer alten Frau mit kurz geschorenem Haar? Mistral! Und während ein Wort zum anderen kam, aßen wir Empanadas und tranken ein Glas Wein, und obwohl wir inzwischen im Bett lagen, wurde es plötzlich eiskalt, denn der Brennstoff war ausgegangen, Ignacio öffnete die Tür und rief, verdammt, die Sonne geht gerade auf. Aber das Wort Sonnenaufgang beschwor nichts herauf. Nichts, was einem Sonnenaufgang glich. Meine Augen leerten sich allmählich von allem Gesehenen. Die Wörter, dachte ich, würden bleiben, ihr Rhythmus, aber nicht die Landschaften, nicht die Farben oder Gesichter, nicht Ignacios schwarze Augen, die ich eine Liebe hatte aussenden sehen, die manchmal misstrauisch, spröde, schneidend war, aber vor allem eine offene, erwartungsfrohe Liebe voller Sinnestäuschungen, dem Kreuzworträtsel nach: Halluzinationen.

auch die Liebe ist blind

Immer Richtung Norden, bis du die Schilder siehst. Quintero. Puchancaví. Zapallar. An der Abzweigung nimmst du die unbefestigte Straße, die später zu Sand wird und anschließend zu einem blauen Ozean, von Pinien umgeben, wimmelnd von Albatrossen, übersät von Möwenkot. Die Füße im Dreck des Strandes versunken gehen wir, ich unter Schmerzen, zu dem Tisch, an dem Genaro und der andere uns erwarten. Mit einem Glas Pisco sour in der Hand, das seinen Widerwillen gegen unbehagliche Situationen überspielen soll, beißt sich Genaro bestimmt auf die Zunge, um nicht zu erwähnen, wie lange wir uns nicht gesehen haben, und umarmt uns beide zugleich. Aber setzt euch doch, sagt er, gerade sind die Muscheln gekommen, *machas* mit Parmesan, dazu ein Weißwein. Ja, bestätigt Genaros Liebhaber, ein herrlicher Weißwein. Ignacio gießt mir ein Glas ein, das ich umklammere, und stellt die anderen beiseite, damit ich sie nicht mit der linken Hand umwerfe, die über alles hinwegfegt wie ein Staubwedel. Ich weiß, dass Ignacio, Genaro und der andere wie drei Musketiere Messer und Gabel gepackt halten und die Muscheln attackieren, zu denen sich bald drei dampfende Schalen mit Meeresfrüchten gesellen und ein, zwei Körbe mit warmen Schmalzfladen. Nur das, ein Stück Brot, kann ich kauen, im Mund zergehen lassen und hinunterschlucken, während sie von Leuten reden, die mich nichts mehr angehen. Sie packen das Gespräch in strikte Höflichkeit, bestellen noch eine Flasche, und ich stürze meinen Wein mit einem Mal hinunter. Der Geruch von Salz und Jod setzt sich in meiner Nase fest, und allein für mich kehre ich zurück zu der langen Nacht, in der ich Genaro kennengelernt habe. Die Party, auf der man uns miteinander bekannt gemacht hatte, die sofortige Nähe, die Treppe, die wir statt des Fahrstuhls zu seiner Wohnung im dritten Stock nahmen. Auf halber Strecke hielt er an, um mir zu erklären. Um mir zu sagen. Was immer du willst, sagte ich, während ich mich fragte, was das für ein Geruch sein mochte, und mir selbst antwortete, gewiss der Bodenreiniger. Sag mir, was immer du willst, wiederholte ich. Und ohne aufzublicken, erzählte mir Genaro, sein Freund sei gerade an Aids gestorben. In seinen Armen, wie bei den Liebenden im Kino, nach einem langen, entsetzlichen, unbeschreiblichen Todeskampf. Er war gestorben, ohne ihn anzustecken, und dennoch litt Genaro immer noch unter nächtlichen Schweißausbrüchen, stand um Mitternacht auf und dachte an den eigenen Tod. Ich erinnere mich an seine Worte und verstehe auf einmal, dass dieses Mittagessen ein Abschied ist. Genaro wird mich gehen lassen, wie er ihn hatte gehen lassen. Während mich diese Offenbarung überfällt, treten wir beide in seine Wohnung der Vergangenheit, und ich sehe, dass die Wände über und über mit Bildern behängt sind, die der Tote gemalt hat. Das ist ein Mausoleum, sagte ich beunruhigt, du musst sie alle abnehmen, eins nach dem andern, sie mit einem letzten Kuss ins Lager bringen und nie wieder zurückholen. Dieser Tote lässt dich nicht atmen, er beobachtet dich aus jedem seiner Porträts. Genaro blickte mich entsetzt an, dann eins nach dem anderen die Bilder, musterte eingehend jedes der Gesichter und sagte, ja, wie ein Zombie, der gerade erwacht, ja, ja, mechanisch, ja, Lucina, du hast recht, daran hatte ich nicht gedacht, und er hängte die Bilder ab, verband ihnen die Augen, indem er sie ein paar Tage lang gegen die Wand lehnte, bevor er sie für immer einkellerte. Er weißte die Wohnung, kaufte Bettzeug, das nicht nach einem Verstorbenen roch, und widmete mir anschließend all das Leben, das sich während der Trauermonate angestaut hatte. Doch dann hatte ich ihn verlassen, für eine Promotion in New York und für Ignacio. Vor allem für Ignacio, der ihm so sehr glich. Genaro hatte mich von seiner Zuneigung abgehängt, hatte meine Augen mit seinem Zorn verbunden, mich gegen die Wand gelehnt. Das hier war nur eine Waffenruhe. Stoßen wir auf die Liebe an, auf die blinde Liebe, grölt der Genaro der Gegenwart, wütend vom Wein, und ich sage, ja, natürlich, Genaro, darauf sollte man immer anstoßen, greife mir die einzige Muschel auf meinem Teller und habe nicht übel Lust, sie ihm ins Gesicht zu pfeffern. Ich schlürfe den Zitronensaft aus der Schale und schiebe mir die Molluske mit dem inzwischen harten Käsepanzer zwischen die Lippen. Ignacio öffnet nur den Mund, um nachdenklich an einer Zigarette zu saugen, sein Aschenbecher quillt über. Ich schnappe sie mir, suche Ignacios tröstenden Speichel am Filter, und als man uns die Rechnung bringt, ist zwischen uns alles salzig und widersprüchlich geworden. Der Wind wirbelt Sand auf, den uns die Feuchtigkeit an den Hals klebt. Genaro stößt brüllende Lacher aus, die wie

Peitschenschläge fallen, und wiederholt, die Liebe ist blind, alle sind wir blind wie Regenwürmer, merkten wir das etwa nicht? Nicht so laut, sagt sein Liebhaber diskret, du veranstaltest hier einen Mordsradau. Aber die Sehenden sind doch schon alle weg, sagt Genaro und geht nicht ein Dezibel herunter. Sei trotzdem still, es reicht. Da wendet sich Genaros Liebhaber beschämt an mich (rot angelaufen, wirst du mir später erzählen, Ignacio), hör nicht auf ihn, Lucina, hör nicht auf ihn, seit Tagen schon ist er außer sich, aber bei dir kommt doch alles wieder in Ordnung, nicht wahr? Ich bleibe stumm, gereizt, denke, du bist ein Vollidiot, denke an all das, was ich nicht aussprechen sollte, aber während ich Varianten erwäge, ob ich Genaro trösten oder beschimpfen, ob ich seinem Liebhaber gegenüber Höflichkeit heucheln oder ihm Teller an den Kopf werfen soll, höre ich, dass Ignacio für mich zu einer Antwort ansetzt, als hätte er vergessen, dass ich ebenfalls da bin. Wir wissen nicht, was, sagt er, ohne zu Ende zu sprechen. Ich entreiße ihm das Wort und sage, nicht einmal der Arzt wisse das. Aber ja doch, sagt Genaro von irgendwoher, aus allen Richtungen gleichzeitig, du kommst in Ordnung, wie die Wirtschaft wieder in Ordnung kommt, erst auf, dann ab. Fang mir nicht mit dem Märchen von der Wirtschaft an, fahre ich dazwischen und bin ihn leid wie den Wind, der mir die Haut aufreißt und unerbittlich das Haar ins Gesicht peitscht. Imperien fallen auch, Genaro, und stehen nicht wieder auf, außerdem ist es hundekalt, Zeit zu gehen. Ja, Ignacio springt mir bei, angespornt von meinem Stoß mit dem Knie, es wird dunkel, und ich kenne den Weg nicht. Wir stehen alle zugleich auf, Genaro schlingt seine Arme um mich, küsst mich auf Wangen und Stirn, verspricht, mich nächste Woche anzurufen, mich zu besuchen, aber nein, unsere Geschichte, das weiß ich, ist in diesem pittoresken Restaurant mit den aasfressenden Möwen zu Ende. Wir steigen ins Auto. Sie grölen im Duett ein ciao Lucina, knurren ein wildes ciao Ignacio, und ich wedele mit der Hand schlaff in eine Richtung, in der niemand mehr ist. Nicht einmal mehr die Erinnerung an Genaro.

finstere Fernstraße

Wir fuhren wieder Richtung Santiago, auf einer um sechs Uhr abends schon finsteren Fernstraße. Wie fandest du Genaro, fragte ich, die nackten Füße über der Heizung. Und du? Ende der Fragestunde. Genaro kroch gerade mit seinem Liebhaber in die Vergangenheit zurück, die ein erlesener Gesellschaftsclub war; wir flohen vor diesem geschlossenen Zirkel, fuhren voran, ohne uns umzublicken, gegenwärtig, mit Aberhundert Stundenkilometern der Zukunft entgegen, auf einer Fernstraße, die sich als Autobahn gebärdete. Ich öffnete das Fenster und schnupperte nach Verbranntem. Aber um diese Zeit wurde kein Müll verbrannt. Es gab nicht einmal Fliegen. Doch in der Müllkippe unserer Köpfe schwirrte es von Gesprächen, die sich nicht wiederholen, von Situationen, die eintreten würden. Auf einmal hatte ich den Eindruck, dass Ignacio nickte, obwohl es auch ein Kopfschütteln sein konnte. Ich hörte, wie er immer schroffer schaltete, abrupt verlangsamte, bremste; ich merkte, dass er im Zickzack fuhr. Was ist los? Warum bremst und beschleunigst du? Die Nacht ist stockdunkel und neblig dazu, kein einziges Licht zu sehen, und ich erkenne noch nicht mal die verflixte Hand vor Augen. Dann schlingere doch nicht so herum und überhole nicht. Aber ich überhole doch niemanden, sagt Ignacio nun lauter, ich kapiere bloß rein gar nichts in diesem Scheißland, eben ist die Fahrbahn in eine Schnellstraße übergegangen, und da wären wir beinahe unter einen Karren geraten, der von Kühen gezogen wurde, auf einer Autobahn! Erklär mir das! Kühe, fragte ich mit einem Seufzer und schinde Zeit, um nachzudenken. Kühe oder Ochsen, Esel oder schwachsinnige Bauern, einerlei, wie man die verdammten Biester nennen mag, die uns fast umgebracht hätten! Die sind ohne Licht gefahren, sind da in Zeitlupe durch diesen Wahnsinnsnebel gezuckelt. Aber warte, Scheiße, ich fasse es nicht, da vorn ist quer über der Fahrbahn ein Lastwagen, der versucht, einen U-Turn zu machen! Sind die Chilenen restlos verrückt? Verrückt, murmelte ich zynisch, natürlich sind wir verrückt, also nimm dich in Acht vor uns. Dann bin ich noch verrückter, sagte er und wechselte zum x-ten Mal geräuschvoll den Gang, bremste, wich dem Heck des Lastwagens aus, bin verrückt, dass ich mit einer Blinden Ferien mache. Ignacios Frontalangriff hatte gesessen, doch er fing zu lachen an, seine verquere Art, sich für die plötzliche Wut zu entschuldigen, dafür, dass er sich auf einmal in diesem Chile gefangen fühlte, das ich war, und da fing auch ich zu lachen an und ein wenig zu weinen, vor Lachen und besonders vor Müdigkeit. Ignacio las mir weiter die Schilder vor und fuhr nun immer geradeaus, erst als wir uns der Stadt näherten, musste ich ihm das nächste Schild ankündigen, die nächste Ausfahrt, die nächste Auffahrt, wo es nach rechts ging, bis wir schließlich sonntags zu trostloser Mitternachtsstunde eintrafen. Meine Eltern saßen an ihre Kopfkissen gelehnt, ein Schädel gegen den anderen gestützt, die Brillen noch auf der Nase, die Zeitung aufgeschlagen, der Computer auf den Knien meiner Mutter eingeschaltet. Bei offener Tür eingeschlafen, flüsterte Ignacio. Olga schlief dagegen gut verriegelt in ihrem Zimmer bei voll aufgedrehtem Fernseher, zu dem auch das Radio lief. Wir erreichten den ersten Stock und warfen uns aufs Bett, warfen die sandigen Schuhe weit von uns. Wir rochen nach Meer, nach Meeresfrüchten, nach dreckigen Socken, nach Ignacios schwitzenden Füßen. Bist du müde? Ja, sagte er erschöpft. Dann steckte er sich eine Zigarette an, die zu einer gemeinsamen wurde, und während er langsam inhalierte, sagte er stockend, die Worte einsaugend, dass an dem Nachmittag. Bei dem Mittagessen. Inmitten der Muscheln und der *chupe de locos*. Nicht zu vergessen die gehackten Zwiebeln und die Schmalzfladen, Ignacio. Eben da, sagte er. Eben was?, sagte ich. Eben da habe ich angefangen nachzudenken, sagte er. (Was musste ich tun, damit du nicht so viel nachdachtest, am laufenden Band.) Zuerst habe ich nur vage daran gedacht, dann immer deutlicher, nach der Mautstelle, während ich vor mich hin gefahren bin, mit dir an meiner Seite, sagte er, und meine Gedanken hin und her geirrt sind, als würde ich durch die Luft steuern. Und eben da. Da ist das Wort Möglichkeit aufgetaucht. Der Satz, es besteht die Möglichkeit, ja, ich weiß, eine entfernte. Entfernt, sagte ich, noch ist sie entfernt. Und ich weiß auch, wir sollten nicht daran denken, an das, worüber wir so oft gesprochen haben. Nur ist das Sprechen eines, dachte ich, und etwas anderes, auf einmal die Augen zu öffnen. Mühsam fuhr Ignacio fort und sagte, mag sein. Mag sein, nie mehr. Verstehst du? Ja, antwortete ich, natürlich. Du bist es, der erst jetzt versteht. Ich fragte, was willst du also tun? Und ohne ihm Zeit für eine Antwort zu lassen, sagte ich, dass es regnen werde, gewittern, ein Wolkenbruch. Riechst du das nicht? Es liegt in der Luft.

ordnen

T-Shirts, Strümpfe, Löcher und verschlissene Träume, Röcke, abgespulte Kassetten, gehörte und verkramte Romane, lange Haare, Büstenhalter, verdrehte Laken auf der Matratze. Meine Finger mit den offenen Augen unter den Nägeln wählen und ordnen die Kleider nach Material und Dicke: die Wolle unten in den Koffer, denn ich lasse den Winter hinter mir, oben Baumwolle und Polyester, mit denen sich der Sommer des Nordens ertragen lässt. Ich widme mich jedem Kleidungsstück, rekonstruiere die Erinnerung an Nähte und Verschlüsse, notiere im Geist, wo ich es bekommen oder gekauft habe, wer es mir geschenkt hat, bei welcher Gelegenheit ich es zum ersten Mal getragen habe. Ich lege sie alle aufs Bett, wo sie einige Minuten ruhen können, während ich dusche und die letzten Sachen einpacke, das Insulin und die Medikamente für all meine neurotischen Leiden. Es sind kaum mehr als fünf Minuten oder vielleicht zehn, die Zeit ist für mich zu einem Näherungswert geworden. In ein Handtuch gewickelt, kehre ich ins Zimmer zurück und rieche in der Luft das unbeschreibliche, unvergessliche und doch stets flüchtige Parfüm meiner Mutter. Mama? Was machst du da? Nichts, sagt sie mit Trauerstimme, ich habe dich gerufen, aber du hast nicht geantwortet. Ich bin hochgekommen, um dir zu helfen, deine Kleider waren noch auf dem Bett, aber keine Sorge, jetzt ist alles ordentlich im Koffer, schließt sie mit der emsigen Resignation der Mutter. Zwischen uns klafft ein Schweigen, das ich mit Groll anfülle. Die Kleider, Mama, sage ich, festgewachsen, immer noch das Handtuch um mich geschlagen, die Kleider waren bereits geordnet. Vollkommen geordnet. Ich habe sie selbst aussortiert, zusammengelegt und geordnet, mit diesen Händen, mit diesen zehn Fingern, die jetzt an den Spitzen ihre eigenen lidlosen Augen haben. Siehst du sie? Wer? Hat dich? Gebeten? Irgendwas zu tun? Ich belle meine Mutter an, mit fletschenden Zähnen, werde meine Hauer in sie schlagen, sie mit bitterem Speichel beschmieren. Ich kauere mich auf den Boden, beuge mich vor, erregt, wütend, entlade den ganzen Zorn über meine Mutter, die zu einem zitternden Mädchen geworden ist, sehe immer wieder aus stockblinden, weit aufgerissenen Augen zu ihr hinüber, greife den Koffer und drehe ihn auf dem Teppich um. Ich taste nach den auseinandergerissenen, schwer mitgenommenen Kleidern, begrapscht von meiner Mutter und diesem Parfüm, das mich an meine Kindheit erinnert, nehme mir wieder jedes Kleidungsstück vor, ganz langsam, in einem Schweigen voll spitzer Dolche, ordne wieder Polyester zu Polyester, Baumwolle zu Baumwolle, Jeans zu Jeans, dann die Wolle und darunter die argentinischen Fellhandschuhe, den Ledermantel, den Gürtel. Die Stiefel. Die unbezwingbaren Buchkassetten, die noch einmal zu hören ich nie wieder die Geduld haben werde. Alles so, dass meine Hände es später wiederfinden können. Meine Mutter ist so still, als hätte sie das Atmen eingestellt, aber ich weiß, als könnte ich sie sehen, dass sie sich auf die Lippen beißt, bis sie weiß sind. Schließlich zwängt sich aus ihnen das Wort Liebes hervor, und dann noch eine heisere Silbe ohne Buchstaben, als wären meiner armen Mutter nicht einmal mehr artikulierte Laute geblieben. Aber so arm ist sie nie gewesen, dass es ihr je die Sprache verschlagen hätte, und sie sagt, Liebes, ich wollte nur. Helfen, sage ich und beende ihren Satz. Mir helfen, die Dinge so zu tun wie alle anderen auch. Wie ich selbst sie früher getan habe. Aber begreifst du nicht?, fahre ich mit geerbter Direktheit fort. Ich weiß nicht, ob ich geheilt werde. Ich muss lernen, blind zu sein. Du hilfst mir nicht. Aber Liebes, flüstert meine Mutter, als spräche sie zu ihrem eigenen Schatten, denn sie weiß, alles, was sie sagt, kann gegen sie verwendet werden und wird es auch. Deine Hilfe erklärt mich für unfähig, sage ich, lasse meine Mutter nicht vom Haken, die unschuldig ist, aber zugleich schuldig. Sie hält meinen Steinwürfen stand wie eine Märtyrerin und fängt zu weinen an. Es ist ein überraschendes Weinen nach innen, ein verkrampftes Weinen, das all das Unglück im Leben enthält, das ich ihr gebracht habe. Ich höre sie weinen, während ich den Koffer schließe, mit all den Kleidern, den Kassetten, meiner Steinschleuder. Ich stehe auf und trete zu ihr. Ich fühle nichts, und es ist besser, nicht zu fühlen, einfach zuzulassen, dass meine Finger sanft über ihr Gesicht streicheln, über das wirre Haar.

Blackbox

(Nachts, auf dem Weg Richtung Norden, wie schwerelose Teilchen. Quer durch den verhangenen Himmel über den Anden. Reisegeschwindigkeit: achthundert Stundenkilometer. In zehn- oder zwölftausend Metern Höhe. Minimale Reibung, minimaler Verbrauch dieses Treibstoffs, der die Kriege auslöst, die du studierst. Wir flogen in der hermetisch abgeschlossenen Druckkabine, ohne zu fürchten, dass Fenster oder Flaschen platzten. Kabinen, extra dafür entworfen, alles zu verhüten, nur nicht die Thrombose. Die Sitze verleiteten nicht zum Schlafen, und auch der Kapitän war wenig hilfreich, dieser schwatzhafte Pilot, der uns auf Teufel komm raus mit Zusatzinformationen quälen musste: die Höhe der Gipfel und die Kubikmeter reinen Wassers, das sich dort abgelagert hatte, reines Eis, sagte er, süchtig nach dem Lautsprecher. Ich weiß nicht, ob du dich an die Stewardessen erinnerst, die mit ihren schaukelnden Getränken dazwischenkamen, wonach sich der Kapitän wieder des Mikros bemächtigte, um uns lauthals zu verkünden, dass wir nun nach rechts Richtung Norden fliegen würden, hinweg über die Höhen, die trostlosen Tiefen der bolivianischen Indios, bevor wir dann in Lima landeten, wo wir aussteigen könnten oder auch nicht. Niemand solle sich bemüßigt fühlen, die Mestizinnen im Duty-free-Shop zu besuchen – weißt du noch, die *cholas* in ihren weiten Röcken – oder sich selbst davon zu überzeugen, wie sehr sie noch immer mit gerechter Erbitterung die Chilenen hassen. Sein Lachen quietschte im Mikrofon, und damit wünschte er uns ein für alle Mal gute Nacht. Endlich hält er den Mund, hast du gesagt, benommen von dem Pillencocktail, den du gegen Schwindel und Übelkeit eingeworfen hattest, gegen die Panik vor Flugzeugunglücken, das Blackbox-Grauen. Du hast dir Pillen gegen Sodbrennen gegriffen und die auch noch geschluckt, ohne Wasser. Alles hast du in den Mund gesteckt, hast nichts verschmäht, und bevor es dich umgehauen hat, hattest du dir umsichtig die Brille abgenommen und mich gebeten, sie wegzustecken, erinnerst du dich daran, Ignacio? Ich breitete die Decke über deinen unverwechselbaren Kopf und über den meinen. Ignacio, flüsterte ich und blies dir ins Gesicht, wiederholte deinen Namen dann lauter und drückte deinen Arm. Aber du hast nicht geantwortet, dein Wille war betäubt, du warst wie ein Toter, aber ein Toter, der ganz und gar mir gehörte. Ich habe deinen Kopf an meine Schulter gelehnt und gegen das einzige Verbot verstoßen, das du mir auferlegt hattest. Ich vollzog eine Prozedur, die ich mir selbst erfand, fuhr ruhig und gierig mit den Fingern über deine schlafenden Lider, spürte an den Fingerkuppen den sanften Widerstand der Wimpern, spürte, wie deine Haut sich öffnete und mir gestattete, die feuchte, gummiartige, herrliche Hornhaut zu berühren, und dann fingen meine gierigen Finger Feuer, fingen Feuer und dann, aber das darfst du nicht wissen, ich darf es dir nicht erzählen, dann konnte ich mich nicht mehr zurückhalten. Ich schob deine Lider auseinander und fuhr mit der Zunge über diesen nackten Rand, den ich wie meine eigene Nacktheit spürte, und schon beleckte ich es überall, saugte sanft an deinem ganzen Auge, mit den Lippen, den Zähnen, nahm es auf zarte, intime, geheime, aber auch leidenschaftliche Art restlos in Besitz, dein Auge, Ignacio, bis die Stewardessen den Gang heraufkamen, uns das Frühstück aufdrängten, und ich fürchtete, du könntest aufwachen. Sie brachten und holten Tabletts, und allmählich kam wieder Leben in dich. Ich hörte, wie du dich gereckt, gestreckt, ein Lächeln hervorgeangelt und einen Finger in meine Wange getaucht hast. Wie hast du geschlafen, fragte ich vorsichtig, und voll Wehmut und Vorahnung hast du gesagt, seit Wochen habest du nicht mehr so geschlafen, so tief, so froh, an keinem Ort zu sein, ausgeblendet das Warten, das sich immer noch türmte und türmte. Würde nur dein Auge nicht brennen. Ich bekomme es kaum auf, so gereizt ist es, und du hast die trockene Flugzeugluft verwünscht, mit einer Stimme, die noch von weit her kam, hast dir das Lid ein wenig gerieben und die Brille aufgesetzt, die ich dir reichte. Das Flugzeug setzte sanft auf dem Boden auf und glitt nach vorn. Ich dagegen habe kein Auge zugemacht, sagte ich lächelnd, voll unglückseligem Glück. Ich verflocht meine Finger mit deinen, und so blieben wir sitzen, gemeinsam, bis alle Passagiere ausgestiegen waren und du den Gang voller Kopfkissen für mich frei gemacht hattest.)

nicht die geringste Scheißahnung

Bald schon würde meine Mutter da sein. Keine zwei Tage sollten vergehen, zwei oder drei Tage, für mich wieder angefüllt mit dem Hören von Romanen, für Ignacio mit dem Füllen des Kühlschranks. Ach, was sage ich, da waren all die Scherereien, uns auf das Schlimmste vorzubereiten. Bei der Krankenversicherung musste angerufen werden, die uns sicher endlos von einem zum anderen durchstellen würde, bei der Betreuerin meiner Doktorarbeit, um ihr Bescheid zu sagen, dass es ein langer Genesungsprozess werden könnte, beim Institutsleiter, damit er meine Immatrikulation auf unbestimmte Zeit aussetzte, beim Dekan, um ihn inständig zu bitten, mir das Stipendium nicht zu streichen, weil ich sonst nicht mehr versichert wäre, und dann. Alles heikle Manöver und vieles mehr, was uns in diesen allzu kurzen Tagen in den schwülen Süden Manhattans führte. Um den Augenarzt aufzusuchen und ihm ein unverhofftes Souvenir mitzubringen.

Lekz ließ auf sich warten, während uns Doris Formulare ausfüllen ließ, mit schriftlichen, detaillierten Angaben zum Stand der Dinge. Ich diktierte Ignacio. Yuku begrüßte mich mit ihrer eingeimpften japanischen Höflichkeit, ersparte sich jedoch die Verbeugung, bevor sie mir die lähmenden Augentropfen verabreichte. Meine Hand fuhr mit ein paar Fingern über die Plastikblätter der Plastikblumen in Töpfen aus dem gleichen Material und legte sich dann wieder nervös auf das Knie, während mein Körper leicht schaukelte, vor und zurück, wie eine unermüdliche Gummipuppe. Hör auf damit, verlangte oder flehte Ignacio. Bitte, sagte er, halt still. Ich wusste nicht, warum ich das tat, es war mir erst aufgefallen, als er mich darauf hingewiesen hatte, vielleicht wollte ich mich einfach vergewissern, dass ich dort saß. Ich bewegte mich auch noch, als Lekz aus seinem Sprechzimmer kam und zu mir trat. Er stand vor mir, nannte mich aber nicht bei meinem Namen, sondern sagte förmlich und mechanisch, *welcome back Misses … Misses*, wiederholte ich im Geist und begriff, dass er einfach vergessen hatte, wie ich hieß. *Follow me*, sagte er, wie ein falscher Missionar, *Misses …* beschämt, wagte nicht zu fragen. Lucina, Doktor, sagte ich beflissen und wusste, während ich ihm die Hand reichte, dass er es nicht würde aussprechen können, *but you can call me Lina.* Mann, der hat keinen blassen Schimmer, wer ich bin, flüsterte ich sogleich Ignacio auf Spanisch zu: der Doktor da, dem ich mich zwei ganze Jahre lang mit Körper und fast mit Seele hingegeben habe, hat nicht die geringste Scheißahnung, wer ich bin. Ignacio kniff mich in den Arm, weil Lekz ein wenig Spanisch sprach, außer Englisch und Russisch. Einiges musste er verstehen, denn seine Frau, Augenärztin wie Lekz, stammte aus Galicien, wie Ignacio. All das war Tatsache, sein Kneifen und das galicisch gefärbte Spanisch von Lekz' Frau. Tatsache war auch, dass mein Augenarzt sich nicht an meinen Namen erinnerte. Ich lächelte ihn an wie eine afrikanische Puppe, zeigte ihm alle meine Zähne, hätte ihm notfalls sogar mein Zäpfchen gezeigt, und sagte wieder zu Ignacio. Nicht die geringste Scheißahnung. Lekz musste sich inzwischen in seine unleserlichen Notizen vertieft haben, denn auf einmal schien er sich zu erinnern und sagte überrascht und erfreut, warst du nicht die Schriftstellerin, warst du nicht in Chile? Da waren wir, einen ganzen Monat, korrigierte Ignacio und machte sich ein wenig wichtig. Wir haben uns die Stadt angesehen, sagte er, sie hat sie mir gezeigt, nicht gerade eine hübsche Stadt, eher hässlich, hat aber ihre Ecken, und plötzlich hielt er voll Unbehagen inne, weil sich das undankbar anhörte. Ich achtete nicht auf ihn, war bei dem Wort Schriftstellerin hängen geblieben, neben einem Verb in der Vergangenheit, in der Vergangenheit der Bücher, die ich geschrieben hatte und womöglich nicht mehr würde schreiben können. Ein Auge würde mir reichen, dachte ich einen Moment lang, bis ich spürte, dass Lekz' Finger mich bei der Hand nahmen und er mich wie ein Tänzer auf Spitzen zu dem von Linsen umkränzten Stuhl führte. Eifrig öffnete ich die Augen und ließ mich durch das altbekannte Gerät betrachten. Von da ging ich zum verstellbaren Stuhl hinüber, legte den Kopf zurück und gab mich der stärksten aller Lupen hin, trainierte den Nacken, bereitete mein Ohr darauf vor, zu hören, dass sich das Blut nicht aufgelöst hatte. Das Blut hatte sich sogar vermehrt, gerann vielleicht schon. Ich denke, sagte Lekz mit leichtem Räuspern, und ich konnte mir vorstellen, wie er die Lippen zu einer seiner russischen Grimassen verzog, ich denke, sagte er wieder, ohne den Gedanken abzurunden, diese bösartigen Adern sind weitergeplatzt. Ich denke, sagte er und dachte wieder, du hast hoffentlich keine Anämie, denn Eisenmangel wäre ein Hinderungsgrund für die Operation. Du wirst mich operieren, heulte ich innerlich auf, du wirst mich operieren, und mag ich auch im Sterben liegen. Aber Lekz fuhr fort, laut zu denken, und fragte mit wohlkalkulierter Ruhe, wie hast du dich, doch ich ließ ihn nicht zu Ende kommen, wieherte laut, hervorragend, ich fühle mich gesund wie ein Pferd, Doktor, voller Energie, ich könnte sofort in den Operationssaal traben, mit Ihnen auf den Schultern. Auf meinem Rücken würde ich ihn tragen oder hinter mir herziehen, würde losschießen, mit Scheuklappen, damit ich nicht vom Weg abkäme, vorbei an den Schildern Eintritt verboten, würde die Scheibe zum Operationssaal durchbrechen, auf den Tisch springen, mir mit den eigenen Fingernägeln die Lider hochschieben, damit er mit der Schere hineinstach, würde ihm selbst die eingefädelten Nadeln reichen, damit er mich zunähte. Aber *take it easy*, sagte Lekz, als ich einen Termin verlangte. Erst die Untersuchungen, sagte er, damit wir eine Anämie ausschließen können. Untersuchungen! Ich will keine Untersuchungen mehr. Ich will, dass Sie mich operieren. Sofort. Aber Ignacios Arm verhedderte sich in meinem, er schleifte mich zum Labor, und dort stellte er sich trotz seiner Empfindlichkeit standhaft neben mich: Krempel den Ärmel hoch und streck den Arm aus. Ich gehorchte, schwor jedoch Rache, während ich eine Faust machte, damit die Adern hervortraten. Ignacio drehte sich der Magen um, als er sah, wie dieses Blut herausquoll, ein Blut, das sich immer gleich war, ob meines oder seines, und dennoch anders, da es meines war, das die Röhrchen füllte. Als wir das Blut hinter uns hatten, kehrten wir stumm in seine Wohnung zurück, die auch mein Wartezimmer war und der Lagerplatz meiner Mutter sein würde, wenn sie am nächsten Morgen einträfe, um den Frieden der Ruhelosen zu stören. Natürlich wirst du operiert, bekräftigte meine Mutter, kaum hatte sie einen hohen Absatz auf den einzigen Teppich in der Wohnung gestellt und mich umarmt. Keine Sorge, Liebes, sagte sie mit unumstößlicher Überzeugung, du hast Eisen im Überfluss. Dafür hätte man dich nicht anzapfen müssen. Schau dir ihr Gesicht an, sagte sie zu Ignacio, schau dir ihre Fingernägel an, und sie quetschte einen meiner Finger. Dann streckte meine Mutter ohne Vorwarnung die Hand aus und krallte ihren langen Fingernagel in mein Unterlid. Sie stülpte es nach außen. Beugte sich darüber, siehst du, Ignacio, es ist rötlich. Das ist der untrügliche Beweis, sagte sie, ohne dieses fühllose Stück Haut loszulassen. Ignacio machte nervöse Schritte auf dem nackten Parkett, ging umher, um sich von meiner Mutter zu entfernen, die weiterredete, diese Ärzte sind so spezialisiert, dass sie nichts von dem verstehen, was im restlichen Körper passiert. Nur das Organ, das sie studieren. Sie wissen gar nichts, sagte sie. Nicht die geringste Scheißahnung, stimmte ich zu.

allnächtliches Brot

Ich kann nichts essen, aber wer könnte Hunger haben in der Nacht davor. Kein Essen also, aber ebenso wenig ratsam wäre es, mit leerem Magen ins Bett zu gehen. Was haltet ihr von einem Buttertoast, aus dem dann zwei werden: Die Angst mobilisiert die Kiefer meiner Mutter. Ich lasse nur Speichel im Mund zusammenlaufen, während ich die Krümel rieche, die langsam im Toaster verkohlen, die zerlaufene Butter. Sie trinkt Tee, rührt lärmend zwei Löffel Zucker hinein, beißt verzweifelt ins Brot, das Ignacio ihr geschmiert hat. Ich sehe es und sehe es nicht, doch es ist, als hätte ich es gesehen: Meine Erinnerung setzt es zusammen. Lecker, sagt meine Mutter und hilft mir dabei, dass ich jede ihrer Bewegungen vor mir sehe. Sehr lecker, wiederholt sie, als stellte sie eine Frage, und bekennt dann, dass sie aus purer Lust esse. Ich habe nicht den geringsten Hunger, beharrt sie, mit vollem Mund. Ignacio schmiert noch einen Toast, meine Mutter schlingt ihn hinunter und fragt dann wie ein bulimischer Vogel, gibt es noch ein Scheibchen? Aber natürlich, im Kühlschrank sind zwei Päckchen, sagt mein Bäckerfreund. Meine Mutter verbrennt sich die Zunge am Tee, aber sie kommt nicht zum Jammern, denn es klingelt, und sie schreckt auf. Wer kann das sein, um diese Zeit? Obwohl diese Zeit nicht einmal sieben ist. Mädel!, kreischt Manuela, die niemals ihre

Jugendzeit überwunden hat und immer noch in den Achtzigern lebt, während der Studentendemonstrationen, bei denen sie sich von Wasserwerfern durchnässen ließ, lauthals lachte, Joints rauchte. Der Optimismus in Person, die völlige Abwesenheit des Traurigen. Manuela, meine Mutter; Mutter, Manuela. Und Manuela ruft, wie lecker es hier nach Toastbrot riecht, und pfropft mir einen Kuss auf jede Wange, drückt meine Schultern, verabreicht mir eine Energietransfusion. Was haben wir hier, Weißbrötchen, Milchbrötchen? Haben Sie die gemacht, fragt sie meine Mutter, die sie bestimmt mustert und sich fragt, wo ich dieses Erdbeben aufgelesen habe. Aus Chile, antworte ich heimlich, und Manuela sagt, prima, denn ich habe euch ein paar feine chilenische Avocados mitgebracht. Chilenische Avocado, wiederholt meine Mutter und wirkt angespannt. Manuela stellt sich hinter mich, beugt sich über meine Schultern, aber Mädel, trompetet sie noch einmal, was du für dumme Sachen machst! Und ausgerechnet bei mir, auf der Party, wo so eine Bombenstimmung war! Ja, sage ich, erinnere mich aber erst an diese Stimmung, als sie davon spricht. Ich komme nur auf einen Sprung vorbei, um dir Glück zu wünschen, und sie setzt sich neben mich. Meine Mutter bläst auf ihren Tee. Bleib doch ein bisschen, sage ich, Abendessen gibt es nicht, aber einen Kaffee, Brot mit Avocado? Störe ich wirklich nicht? Meine Mutter setzt sich auf, schmiert sich ihre x-te Scheibe, bleibt bei ihrem militanten Schweigen. Na dann, fein!, wenn ich nicht störe, bleibe ich natürlich. Ich rutsche in die Ecke, Ignacio steckt ein weiteres Brot in den Toaster, meine Mutter kaut auf ihren Gedanken herum, Manuela zieht selbst ihre Feder auf und sprudelt los, über ihre neuen Bilder, ihre neue Arbeit, die, mit der sie ihre Miete bezahlt. Manuela hat die kleinen Vorrechte, die Künstler in Chile genießen, nicht hierher importieren können, erkläre ich meiner Mutter. Das ist wie mit den Vorrechten uralter Familiennamen, die hier niemand kennt. Deshalb gehen so viele Chilenen wieder fort, sagt Manuela, und vielleicht werde auch ich deshalb gehen. Ich höre, dass meine Mutter ihr Schweigen aufgibt und sich aufrafft, nach dieser neuen Arbeit zu fragen. Ich passe auf ein kleines Mädchen auf, antwortet Manuela, auf die Tochter einer Familie im Umbruch. Im Umbruch, wiederhole ich, wiederholt Ignacio, wiederholt meine Mutter mit wachsender Neugier. Im Umbruch, wiederholt auch Manuela, seit der Vater entdeckt hat, dass er eine Frau ist. Eine Frau, wer?, fragt meine Mutter, der Vater? Genau, sagt Manuela, und außerdem, dass er eine Frau ist, die sexuell nur an Frauen interessiert ist. Das macht ihn zu einer Lesbe. Das Mädchen hat zwei Mütter, erläutere ich, und Manuela lacht, ja, genau, und fügt hinzu, dass er oder sie weiterhin verliebt sei in die Mutter des Mädchens, aber dass sie, die Ehefrau, die eher ein männlicher Typ sei und sich deshalb ohne allzu große Schwierigkeiten dem Umbruch hätte fügen können, darauf verzichtet habe. Sie sei nicht vorbereitet gewesen, mit einer Frau zusammen zu sein, mochte sie auch jahrelang mit ihr gelebt haben. Oder mit ihm. Meine Mutter erklärt, dass ihr gerade der Hunger vergangen sei, aber Manuela achtet nicht auf sie. Sie sagt: Jetzt muss er entscheiden, ob er sich operieren lassen wird. Operieren, wiederholt Ignacio, der immer noch aufpasst, dass die

Toasts nicht verbrennen, und vermutlich eine weitere Avocado zerdrückt, damit seine Hände beschäftigt sind. Operieren, natürlich, sagt meine Mutter und kehrt die wissende Ärztin heraus, während ich höre, wie sie auf dem Stuhl hin und her rutscht. Manuela beschließt, ihr die chirurgischen Einzelheiten aufzutischen. Meine Mutter weiß nicht, ob sie die hören will, und ich weiß, dass Ignacio sie nicht hören will. Er zerdrückt weiter Avocados oder macht sich Richtung Badezimmer davon. Ich kenne die Einzelheiten bereits, kenne auch die Protagonisten, das Selbstverständnis des Vaters ist ein Thema, das mich eigentlich interessiert, aber ich verabschiede mich aus dem Gespräch, weil ich mich auf etwas Konkreteres, Wichtigeres konzentriere: einen Krümel zu angeln, einen einzigen Brotkrümel, um den Hunger zu besänftigen. Manuela erzählt unermüdlich weiter, während ich den Finger auf dem Tisch ausstrecke, die Krumen meiner Mutter zu mir schiebe, ganz langsam, und darauf vertraue, dass die Geschichte sie ablenkt. Der Finger kriecht über die Tischfläche, sammelt einen harten Krümel nach dem anderen ein. Ich höre Ignacio husten und weiß, dass er mich beobachtet, dass er beunruhigt ist, als er mich fragt, was suchst du? Suchen? Ich fahre die Hand ein, ziehe mich in meinen geheimen Hunger zurück und höre neidisch Manuela zu, die mit vollem Mund spricht, voller Sätze und Avocadobrot. Meine Mutter gluckst satt am anderen Ende des Tisches und nutzt die Unterbrechung, um eine Frage zu stellen, die eher einem ungeduldigen Befehl gleicht, wie spät es sei, nicht schon Zeit, ins Bett zu gehen? Aber es ist noch früh. Bitte, keiner soll sich rühren. Das ist meine Abschiedsparty. Manuela, sagt meine Mutter ernst und einsam und verschanzt sich hinter dem Plural: Wir müssen dich bitten, zu gehen. Lucina braucht Ruhe.

der Schrei

Meine Mutter wollte etwas zum Zudecken. Und das Laken? Aber ein ungebügeltes Laken reichte ihr nicht, sie verlangte nach dem Gewicht einer Decke auf ihrer kleinen, dürren Gestalt. Mama, wir haben dreißig Grad, du wirst umkommen vor Hitze. Aber nein, entgegnete meine Mutter, sie werde die ganze lange Sommernacht mit Klimaanlage schlafen. Mama, bestürmte ich sie und verletzte wieder einmal die historische Familienhierarchie, was fällt dir ein, bist du wahnsinnig? Bei der Stromrechnung wird uns schwarz vor den Augen. Ach ja, ich weiß schon, du hast gerade dein kleines Studentengehalt verloren, ich weiß schon, das musst du mir nicht unter die Nase reiben, sagte meine Mutter ohne Punkt und Komma, ohne Luft zu holen, die Opfertaktik schlüpfte über ihre Lippen; meine Mutter, die immer kleiner wurde, der Satz immer länger, während sie um ihren Bonbon bettelte: wenn ich ihn nicht kriege, schlafe ich nicht. Ich ließ die Arme sinken. Ignacio die seinen. Meine Mutter sank wie ein Seidenwurm zwischen die Laken, unter unsere dicke Winterdecke. Das Wohnzimmer blieb im Dunkeln zurück, mit ihr im Winterschlaf. Auch wir gingen ins Bett, aber Ignacio wälzte sich hin und her, und jede schlaflose Drehung hinderte mich am Schlafen. Dann rede mit mir. Ignacio umarmte mich und fing an, alles auszuspucken, was ihm das Hirn zermarterte, krumme Nägel, kleine, fast belanglose Nadeln, Stacheln afrikanischer Killerwespen, die ihm Folgendes einhämmerten: Würde um fünf Uhr morgens der Wecker klingeln? Hätten wir ein Taxi bestellen sollen? Würde die Krankenversicherung zahlen? Ob im Kühlschrank noch genügend Brot für das Frühstück meiner Mutter war? Lass nur, sagte ich und fuhr ihm behutsam mit der Hand übers Gesicht, mach dir um sie keine Sorgen, sie ist schnell zufrieden, wenn man auf sie eingeht. Ja? Er setzte zu einer weiteren Frage an, fast schon im Halbschlaf, ja, sie ist so verängstigt, sagte ich, und natürlich ist sie besorgt, sagte er, ja, ja, wiederholte ich gähnend, als wäre nicht ich selbst ihre Sorge, als beträfe die bevorstehende Operation nicht uns. Denn wir litten in dieser Nacht, ohne es zu wissen. Wir klammerten uns an Banalitäten, dachten an die Angst und die einfache Freude meiner Mutter und versanken immer tiefer in der Matratze, bis uns ihre Federn plötzlich wieder ins Bewusstsein katapultierten. Wir hatten einen Schrei gehört. Einen gellenden Schrei. Einen Schrei des Entsetzens. Einen Schrei, der sich wie ein Kabel quer durch die Nacht gespannt hatte. Und er war aus dem Wohnzimmer gekommen, aus dem Mund, dem Kehlkopf, den mächtigen Stimmbändern meiner Mutter. Hast du das gehört, fragte ich Ignacio, ja, und ob ich das gehört habe, ich bin davon aufgewacht. Das ist meine Mutter, sagte ich. Ja, das ist deine Mutter, antwortete er, ohne die geringste Lust, aufzustehen. Um meine Mutter würde ich mich kümmern. Ich schlüpfte durch den Gang, voller Angst, auf einen Vergewaltiger zu stoßen, einen Dieb, auf eine haarige Spinne oder eine Schlange, die sich um die Beine meiner Mutter wickelte. Ich hielt mich an den Wänden fest, aus Furcht, über ihren Körper zu stolpern. Mami, flüsterte ich und tat einen Schritt in Richtung Kindheit, hatte mich auf einmal in den Gang vor dem Zimmer in Santiago verirrt, in dem meine Mutter schlief, bist du da, bist du wach, Mama? Und abrupt kehrte ich nach New York zurück, als meine nackten Füße gegen ihre Luftmatratze stießen. Ich wartete einen Moment, erinnerte mich daran, wie ich Aberhundert Mal die gleiche Frage gestellt und mit winzigen Fingern ihre Lider hochgeschoben hatte, auf der Suche nach wachen Augen in ihrem schlafenden Körper. Mama. Ich sagte es noch einmal, um mir den Mund mit diesem Wort zu füllen, das unter ihrem Parfüm nach Milch roch. Aber es war dieselbe Mutter, die gerade die Nacht mit ihrem Schrei zerrissen, die aufgeheult und uns geweckt hatte, aber selbst nicht aufgewacht war, die da friedlich schnarchte, an ihre Decke geklammert. Mama! Sie antwortete nicht. Die Luftmatratze zischte unter ihrer Last, unter dem unmerklichen Geschaukel, das die Luft entweichen ließ, deren Druck sie trug. Die Matratze war in Bewegung, wachsam, doch ohne Bewusstsein oder schlafwandelnd, genau wie meine Mutter.

ich kann es dir nicht sagen

Das erste Geräusch stammte von Händen, die trockene Teller aus dem Spülkorb nahmen und in die Küchenschränke stellten. Andere Geräusche folgten. Verklemmte Holzschubladen, die mit einem Ruck geschlossen wurden. Ein Besen, der die Wollmäuse in den Ecken wegfegte. Die häusliche Symphonie einer Ordnungsliebe, die meine Mutter bei sich zu Hause nie praktizierte, sehr wohl aber bei mir. Nachdem sie diesem beklommenen Tun ein Ende bereitet hatte, beschloss meine Mutter, an unsere Tür zu klopfen. Sie drehte am Türknauf, konnte aber nicht öffnen, weil abgeschlossen war. Das Parkett knarrte unter ihren Füßen. Sie musste sich vorgebeugt haben, das Ohr an die Türangel gelegt, der Mund am Holz, seid ihr wach, stimmte sie mit fadendünner Stimme an, ein Seidenfaden kurz vor dem Zerfasern. Das gelockerte Parkett knarrte wieder. Füße. Gepflegte Zehennägel. Pantoffeln. Vereinzelte Wörter meiner Mutter unter der Dusche, dann die gleiche Szene im Rückwärtsgang. Die Badezimmertür ging wieder auf, meine Mutter kam durch den Flur zurück, blieb stehen und versuchte, unsere Tür einen Spalt zu öffnen, wir inzwischen wach. Ignacio streckte den Arm aus, um den Wecker abzuschalten, ich streckte meinen aus, um sein Gesicht zu suchen. Meine Hand ertastete Ignacios Lippen, Ignacios Nase, seine Brauen und wieder für einen flüchtigen

Moment die Lider. Ich spürte die prallen Kugeln seiner dunklen, sanften Augen, und Ignacio presste sie kurz zusammen, bevor er mit einem Ruck aufstand. Ich kam nach ihm hoch, ganz langsam. Ignacio war inzwischen erstarrt, lauschte auf Zeichen meiner Mutter im Gang, und als er sie nicht hörte und sich vergewissert hatte, dass auch ich nichts hörte, öffnete er die Tür, und wir traten hinaus, von frischen, wirren Gedanken bestürmt. Wir schlüpften ins Bad, und beim Zähneputzen drehte sich eine ganze Nacht der Träume in meinem Kopf. Seltsame Träume voller Knöpfe, sagte ich zu Ignacio, während wir abwechselnd die Zahnpasta ausspuckten. Erzähl sie mir nicht, sagte er zweifelnd und wischte sich den Mund ab, ich will sie lieber nicht hören. Ich lächelte, während ich in die Dusche ging und an diese riesigen Knöpfe dachte, die man uns an den Leib genäht hatte, festgenäht mit Angelschnüren und Angelhaken, ja, Knöpfe, sie baumelten sogar von unseren Ohren, und da hörte ich Ignacio zweifelnd fragen, und deine Träume? Seine Stimme von jenseits des Vorhangs, wo er wartete, dass ich herauskam und er hineinkonnte, waren es Träume in Farbe? Das Wasser klatschte mir auf den eingeseiften Nabel, rann den Hals hinunter, bespritzte den lauwarmen Rücken, aber meine Träume waren von anderer Art gewesen. Träume aus Gefühlen und Formen, nicht sehend. Vielleicht, sagte ich, um etwas zu sagen, egal was, denn plötzlich hatte mich die Gewissheit überfallen, dass ich operiert werden würde, in ein paar Stunden. Und ich begann mich zu fragen, wie nachher wohl meine Augen aussehen, ob sie noch da sein würden, wenn ich aus dem Operationssaal kam. Diesen wachen Albtraum warf ich Ignacio an den Kopf und dann meiner Mutter, die sofort in einem ihrer typischen Ausbrüche antwortete, aber wie sollst du denn ohne Augen von der Operation kommen, wie fällt dir so was ein, sagte sie mit präoperativer Nervosität, nur um mir nicht sagen zu müssen, was sie anderen sagte: was weißt du schon, bist du Spezialistin? Mama, antwortete ich auf diese Gedanken, die sich mir telepathisch mitgeteilt hatten, ich weiß kaum, was meine eigenen Hände machen, wie soll ich da dem vertrauen, was fremde Hände tun.

Niemandsland

Um diese Zeit liegt die Stadt im Koma, aber sobald es dämmert, hält niemand sie aus. Ignacio war es, der da sprach. Keine Menschenseele, bestätigte meine Mutter und blickte über die Schulter zurück, meine Mutter, die immer voller Angst zu Fuß durch eine entvölkerte Straße ging, verlassen von Gebell und Gehupe, im Schein trüber Laternen. Sie fürchtete die dunkle Straße, ohne zu begreifen, dass die Gefahr woanders lauerte. Ich dachte an ihre Pupillen, vom Astigmatismus verschleiert, die im Morgendämmer versanken. Dachte an Ignacios Kurzsichtigkeit hinter den Gläsern, an Ignacio, der mir immer mehr gehörte und dort im Dunkeln den Gehweg entlangschwankte. Ein fantastisches Trio. Meine Mutter, die an mir klebte, die ich an Ignacio klebte. Sie sagte, das ist eine, fing den

Satz an und unterbrach sich dann. Eine Einöde? Ja, sie nickte, eine Wildnis. Ein wüstes Brachland, sagte ich. Ja, stimmt, bestätigte Ignacio, wir sind im Niemandsland. Das ist die Grenze zwischen zwei Welten. Meine Mutter sagte nichts mehr. Sie klammerte sich an meinen Arm, als könnte ich sie vor ihren Ängsten beschützen. Wir gingen weiter. Ich tauchte in meinen Wörtern unter, sie in den ihren, und gemeinsam ließen wir unsere Schuhe auf dem Asphalt widerhallen, beeilten uns auf den Stufen hinab zum rostigen Rhythmus der Schienen, glitten in einen fast leeren Waggon. Mit der gleichen unruhigen Schläfrigkeit dösten wir bis zur Station 14th Street. Vermutlich schlüpfte jetzt das erste Morgenlicht durch den Himmel über der Stadt, die auf den Straßen lärmend um uns herum rollte. Da waren auch die Trillerpfeifen der Polizisten, das Heulen eines fernen Krankenwagens. Hier ist es, verkündete Ignacio, und da war es, dachte ich und rief hastig eine Erinnerung auf: an der Ecke das kleine Backsteinkrankenhaus, das nur für Augen, nur für Ohren bestimmt war. In seinen Archiven lag die Geschichte meiner Augen. Im unterirdischen Gedächtnis des Krankenhauses ruhten Aberhundert prächtige Bilder des Niedergangs. Ich setzte mich vor die Anmeldung und drückte die Fäuste gegen die Schläfen, wusste, dass man mich operieren würde und dass es keine Heilung gab. Die Krankheit würde weiterexistieren, sooft sie mich öffneten und zunähten. Und selbst wenn ich das Augenlicht wiedererlangte, würden die Adern sich womöglich wieder dehnen, das Blut zurückkehren. Meine Eile, mich Lekz' Messer zu unterwerfen, verlor an Schwung, meine Option war ein russisches Roulette. Aber mitmachen musste ich, um mich vor meiner Eskorte zu beweisen. Sie hatten Vertrauen und beschleunigten den Schritt, irrten unter düsteren Neonröhren durch Abteilungen und Gänge, in denen es von philippinischen Krankenschwestern mit spanischen Nachnamen wimmelte. Kaum hatten sie meine Unterlagen einer beschädigten Chilenin abgegeben, kamen sie schon mit neuen Instruktionen zurück. Sie sagten, los, los, mit denen ist nicht gut Kirschen essen, nicht trödeln, sonst verlierst du noch deinen Termin. Los, los, worauf wartest du, sagten die beiden im Duett, feierlich wie ein griechischer Chor. Ich bin die Heldin, die sich ihrer Tragödie verweigert, dachte ich, die Heldin, die versucht, das Schicksal von eigener Hand verrücktspielen zu lassen. Aber noch nicht, dachte ich weiter, man musste dem Arzt und seiner Medizin eine Chance geben. Los, antwortete ich und gab mich hin, Widerstand wäre auch sinnlos gewesen. Jetzt, da die Karten gelegt sind, die Versicherung auf dem neusten Stand ist, jetzt, da ich nicht wüsste, in welche Richtung vom Weg abbiegen. Ich weiß, dass meine Mutter sich freute und Ignacio leicht unruhig wurde, als ich lächelte. Dann ging ich ein paar Stufen hinauf und hinab, wir fuhren in einem Fahrstuhl nach unten, inmitten von Patienten mit verbundenen Augen auf Betten oder in Rollstühlen. Lächelnd. (Das sahen deine Augen.) Und unsere Schritte trennten sich. Hier ist es, sagte Ignacio. Da war es und roch nach Desinfektionsmittel.

welches Auge?

Beginn der Prozedur: Zieh dich aus, den geblümten Flanellkittel an, binde die weiten Hosen enger. Fehlt noch die Plastikhaube. Wie hübsch du aussiehst, ruft meine Mutter. Ich ziehe die Haube zurecht, während sie hinzufügt, ganz wie damals als kleines Mädchen. Mama, sage ich, schiebe mein Haar unter das halb aufgetrennte Gummiband, wann soll ich ein kleines Mädchen gewesen sein, kannst du mir das verraten? Ich erinnere mich an keinen einzigen Moment Kindheit. An keinen Augenblick Ruhe. An keine Sekunde, in der ich mich nicht gefragt hätte, wann mich das Unheil einholt. Meine Mutter entgegnet nichts, verzieht das Gesicht, beißt sich bestimmt auf die Lippen. Immer noch versuche ich, mein Haar nach oben zu schieben, und denke, warum mir bloß nie jemand auf meine Fragen antwortet, denke, dass ich es ebenso halten sollte, jetzt, da die Fragerei beginnt. Philippinische Stimmen mit scharfem Akzent. Eine fragt, wer ich bin, wie ich heiße. Ich nenne meinen vollständigen Namen, buchstabiere ihn. Meine Mutter bestätigt, dies sei mein Taufname. Ignacio überprüft, ob sie ihn richtig geschrieben haben. Jemand nimmt mich beim Handgelenk und bindet mir ein Plastikarmband mit meinem Häftlingsnamen um. Ich stehe auf, setze mich. Es ist kalt, sage ich, aber niemand antwortet mehr. Eine andere Stimme meldet sich. Wie ist dein Name, sagt sie. Ich höre sie tippen, während ich antworte und fürchte, etwas Falsches zu sagen. Dann: Erbkrankheiten? Welche Medikamente nimmst du? Vor wie vielen Stunden hast du das letzte Mal gegessen? Ich weiß nicht, will es nicht wissen. Warst du heute früh auf der Toilette? Ich hoffe doch. Was wird operiert? Welches Auge zuerst? Die Stimmen wechseln, die Fragen bleiben: Mit welchem Augen fängt der Arzt an? Mit dem Auge des Geistes. Wurde es schon einmal operiert? Ja. Hast du einen Beleg? Belag vielleicht. Wie heißt du? Buchstabiere deinen Namen, hast du die Papiere unterschrieben, alle? Welche Papiere? Die Genehmigung zum Aufzeichnen der Operation. Aufzeichnen? Ja, das ist nötig, zu deiner Sicherheit, für alle Fälle, zu deinem Schutz, Allergien gegen ein Medikament? Bisherige chirurgische Eingriffe? Wie lautet dein Nachname? Welches Auge wird operiert? Das rechte? Das unrechte. Zahnersatz? Wird knapp. Kontaktlinsen? Dein Nachname, dein Vorname? Hast du unterschrieben? Ledig oder verheiratet? Welches Auge kommt zuerst dran? Sagen Sie Lekz, ich möchte eine Kopie, von dem Video, sage ich der Stimme, die gerade an der Reihe ist und die entgegnet, hast du Aids? Irgendwelche Geschlechtskrankheiten? Wie viele Partner? Wie viele? Frauen oder nur Männer? Sagen Sie dem Arzt, ich unterschreibe, möchte aber eine Kopie. Feste Beziehung? Dass ich eine Kopie von der Aufzeichnung möchte. Ja, sagen sie, wir fragen gleich, leben deine Eltern noch? Bist du schwanger? Wie viele Insulineinheiten pro Tag? Der Doktor lässt fragen, wozu du eine Kopie möchtest: Wozu wohl, sage ich, um sie mir anzusehen, sobald ich sehen kann, mit meinen eigenen Augen oder mit Ignacios. Trägst du Ringe? Warum bist du hier? Um die Prozedur zu überwachen. Größe? Allergie gegen Penizillin oder Sulfonamide?

Oder gegen ein Schmerzmittel? Was wird operiert? Allergien? Die Genehmigung zum Aufzeichnen der Operation, hast du sie unterschrieben? Bekomme ich nun eine Kopie von diesem schön blutigen Gruselstreifen? Irgendwelche Metallprothesen? Jeder Art, ich bin die bionische Frau mit dem Titanauge, und ich lache für mich allein, lauthals, und frage zurück, in die Luft hinein, wer war das noch mit dem teuren Teleskop- und Infrarotauge, der Sechs-Millionen-Dollar-Mann? Der da ist dein Begleiter? Wer? Welches Auge? Welches? Bist du sicher? Und welche Krankenversicherung, welcher Leistungsumfang? Wie viele Kinder hast du? Indizierter oder illegaler Schwangerschaftsabbruch? Wie viele? Welches Auge? Und das zweite? Hast du die Papiere unterschrieben? Das rechte oder das linke? Die Genehmigung zum Filmen der Operation? Wie heißt du? Wer ist dein Arzt? Buchstabiere. Bei welchem Auge erfolgt der Eingriff? Nur eines oder beide? Sozialversicherungsnummer? Nachname? Meiner oder der meines Arztes? Chronische Krankheiten? Welche Medikamente? Einheiten? Gramm? Wie viel wiegst du? Wer begleitet dich? Wie alt bist du? Die Operationseinwilligung? Der Haftungsverzicht im Fall von Schäden? Bist du Rechts- oder Linkshänderin? Mit welcher Hand unterschreibst du? Wie lautet dein richtiger Name? Pseudonyme? Dein Beruf? Was meinst du mit Fiktion? Und was meinen Sie mit Schäden? Wahr oder falsch? Welches Auge zuerst? Tut es weh? Warum zeigst du ständig darauf? Ist es das hier? Das rechte? Oder das unrechte? Und du, wer bist du? Wem gehört diese Haube? Und dieses Auge, wem gehört es?

reine Biologie

Noch einmal atme ich den salzigen Geruch, der an seinem T-Shirt haftet. Klammere mich an ihn, küsse ihn auf Mund und Wangen, hohler mit jedem Tag, auf die Lidränder. Ein seltsames Glück durchfährt mich, als ich die Umrisse seiner Augen spüre, die sich unter der Haut regen. Seine lebendigen Augen. Ignacio schiebt mich weg und pflanzt einen Kuss auf mein Ohr. Meine Finger klettern wieder zu seinem Gesicht, aber Ignacio bittet, ich solle das lassen. Er legt seine Schläfe an meine, und wieder überfällt mich die Seligkeit, einen Moment seines Körpers für mich zu haben, bevor sie uns trennen. Was werdet ihr tun, während ich da drinnen bin? Schweigen. Ein Schweigen, das mich nicht erraten lässt, was für Gesten sie machen, welche Gesichter sie aufsetzen. Was werdet ihr mit all der Zeit anfangen? So viel wird es nicht sein, sagt Ignacio bekümmert, denn er weiß, dass er ganze drei Stunden mit meiner Mutter verbringen wird. Bloß drei Stunden, redet er sich ein. Allerhöchstens vier, zwei pro Auge. Mir ist klar, dass er das betont, um sich zu beruhigen. Lekz hat gesagt, sagt Ignacio, er habe noch nie länger als vier Stunden gebraucht, um ein Paar Augen in Ordnung zu bringen. Es könne sogar schneller gehen, wenn er sich etwas beeilt. Mach dir keine Sorgen, fügt meine Mutter hinzu (ich sehe sie durch deine Augen, Ignacio, wie froh sie ist, Gesellschaft zu haben, wie sie sich das Haar richtet), mach dir keine Sorgen, Liebes, wir beide unterhalten uns schon irgendwie. Und sie sagt es, als meinte sie: endlich allein. Meine Mutter wird meinen Ignacio für sich haben, damit sie ihn verhören und vor allem mit diesen klinischen Geschichten bestürmen kann, die er so hasst und mit denen ich aufgewachsen bin. Geschichten von Arztfehlern, nach denen ich süchtig bin. Ignacio umarmt mich und fängt leicht zu zittern an, drückt, quetscht, erstickt mich, lass mich nicht mit ihr allein, scheint er zu sagen. Sein Herz schlägt schneller. Die Angst hoch zehn. Aber ich, sein Schutzschild gegen meine Mutter, seine Verteidigerin und sein geheimes Verderben, ich kann ihn nicht mehr schützen. Lass los, Ignacio, ich muss gehen. Lass von dir hören, sagt er. Das will ich hoffen, sage ich und hebe ein weißes Taschentuch zum Abschied, während eine sanfte Krankenschwesterhand mich beim Arm nimmt. Es ist die fremde Hand einer Filipina, die in Zeitlupe mit mir spricht. Verlockt von ihrer bösartigen Stimme, lasse ich mich zu dem Platz führen, wo man mich opfern wird. Sie hilft mir auf den Operationstisch. Du wirst nichts spüren, versichert sie, während sie mir schmerzhaft die Kanüle und anschließend die Narkosenadel durch die Haut rammt. Ich werde fast wahnsinnig bei all den Nadeln in meinen Adern. Geht es dir gut, fragt sie, und die, die ich bin, diese Chilenin im lächerlichen Blumenkittel, sagt ihr mit schwerer Zunge, nein, gar nicht gut, der Tisch ist eiskalt. Bevor ich mit meinen Klagen zu Ende bin, hat sie mir schon eine Decke übergeworfen, die Wärme entspannt mich, schläfert mich ein. Meine neue philippinische Freundin nimmt mein Handgelenk, sucht den Puls und wispert, wie heißt du, wer operiert dich, welches Auge zuerst, aber ich habe alles vergessen, weiß nicht, wer ich bin, kann nicht erklären, was ich da mache in ihren Armen, hoffe nur, dass sie es weiß, trotz ihrer Fragen, dass diese Fragen bloß eine Taktik sind, um mich von meinen Zähnen abzulenken, die nun knirschen. Dann merke ich, da ich sein Räuspern erkenne, dass Lekz bereits hinter meinem Kopf steht, dass es seine Hände sind, die mein Gesicht gerade rücken, mir die Haube zurechtziehen, meine Hornhaut mit weicher Watte reinigen; ich merke auch, dass neben ihm noch eine Augenärztin steht, an die ich mich verschwommen erinnere, denn sie arbeitet in derselben Praxis wie Lekz, denn sie gehört zu Lekz, ist, jetzt fällt es mir ein, seine Frau. Sie wird ihm assistieren. Alles im Familienkreis, drinnen wie draußen, denke ich, und der Gedanke fliegt fort. Und vielleicht sagt da meine Krankenschwester, ich solle den Finger Richtung Decke strecken, der nun eine Tonne wiegt und sich auf einmal auflöst. Der Finger ist nicht mehr da. Die Hand ist nicht mehr da und auch nicht der Arm. Ich bin nicht mehr da. Lucina ist verschwunden, ihr Geist schwebt jetzt irgendwo im Operationssaal. Was von ihr bleibt, ist reine Biologie: ein Herz, das schlägt und schlägt, eine Lunge, die sich bläht, ein narkotisiertes Gehirn, das nicht träumen kann, während das Haar weiterwächst, ganz langsam, unter der Haube.

die Stunden

Das hier haben andere Augen gesehen. Dass Lekz in der ersten Minute mein Lid fixierte, damit es geöffnet blieb. Dass er sich über meine erweiterte Pupille beugte. Dass er drei Löcher im Dreieck anbrachte, eines oben, eines an jeder Seite. Dass er in jede Öffnung ein unterschiedliches Instrument einführte: einen Draht, an dessen Ende sich eine extrem scharfe Lupe befand, eine Multifunktionspinzette, die Adern durchtrennte und Wunden kauterisierte, ein Kabel, um die Netzhaut zu beleuchten. Drei Metallfasern, die zusammenwirkten, um zu beschneiden, zu veröden und zu flicken, und zwar sehr viel mehr Stunden als die drei oder vier versprochenen. Und das hier haben nicht ganz so fremde Augen gesehen. Dass Ignacio und meine Mutter, während ich Urlaub von mir selbst nahm, das Wartezimmer verließen. Dass sie erst durch die Stadt gingen, es dann leid wurden, die Zeit totzuschlagen, und in die Eckkneipe traten, dass sie sich eine Pizza und eine lauwarme Cola teilten, dass sie hastig rauchten, aus derselben Schachtel. Der Eingriff muss gleich vorüber sein, sagten sie einander, um sich aufzumuntern, und liefen eilig zurück. Im Krankenhaus setzten sie sich in einen Gang, und da sie notgedrungen das Gespräch aufrechterhalten mussten, polierten sie eine nach der anderen ihre schlimmsten Erinnerungen auf. Dass meine Mutter drei Fehldiagnosen hintereinander überlebt hatte: einen akuten Schwindelanfall, den man erst für multiple Sklerose, dann für einen Gehirntumor im Endstadium gehalten hatte, außerdem eine Kolik, die als Krebs interpretiert worden war. Alles Fehleinschätzungen, die tödlich gewesen wären, wenn sie sich bewahrheitet hätten, sagte meine Mutter, die siegreich Überlebende, aber es waren nur Flecken auf dem Röntgenbild gewesen. Das haben die besagten Augen gesehen. Dass Ignacio erbleichte, denn wenn man ihm von einer Krankheit erzählte, verspürte er jedes einzelne ihrer Symptome. All das könne geschehen, tröstete ihn meine Mutter, aber er solle sich keine Sorgen machen, von nun an gehöre er zu einer Ärztefamilie, sei gegen Fehldiagnosen gefeit. Früher hat man gedacht, fuhr meine Mutter fort und schweifte etwas ab, wenn auch nicht wirklich, es war nur eine Abwandlung des Themas, damit sie ein Beispiel anführen konnte, das Ignacio sich lieber erspart hätte, früher hat man geglaubt, sagte meine Mutter, Alzheimer sei eine Form der Demenz. Genau das hatte meine Mutter!, unterbrach Ignacio sie und klinkte sich wieder ins Gespräch ein. Demenz? Nein, nein, Alzheimer. Und meine Mutter machte sich diese vertrauliche Mitteilung zunutze, sammelte Daten über seine Familien-DNA, bombardierte ihn mit genealogischen Fragen, zog ihre Schlüsse. Also weiß man nicht, wer dein Großvater war, fragte meine Mutter, machte sich im Geist Notizen und erzählte ihm sogleich, auch sie habe ihren Vater kaum gekannt. Was für ein Zufall, sagte sie, wie mir Ignacio später erzählte. Ein Zufall, dass meine Mutter und seine Mutter ihre Väter nur ein einziges Mal gesehen hatten. Meine Mutter, um sich von ihm zu verabschieden, als er im Todeskampf mit der Zirrhose rang; seine Mutter rein zufällig. Beide Mütter hatten sich ebenfalls geweigert, den Unbekannten vor sich Vater zu nennen. Meine hatte zu ihrem Vater und später zu Ignacio gesagt: Sie haben nichts mit mir zu schaffen. Seine hatte zu seinem Vater gesagt, und später Ignacio zu meiner Mutter: Ich kenne Sie nicht, ich habe nur eine Mutter, die ist mir mehr als genug. So viele Geschichten vertrauten sie einander an, doch schließlich ging ihnen auch die Familie aus. Sie achteten nur noch auf die Zeit: meine Mutter auf die tote Uhr im Gang; mein Ignacio auf seine unpraktische Armbanduhr. Abwechselnd gingen sie vor die Tür, zogen an den letzten Zigaretten, bliesen den Rauch gegen die schmierigen Scheiben. Wer drinnen blieb, überwachte den Durchzug der Operierten, die aus den Sälen kamen, von Filipinos eskortiert. Aber es kamen immer weniger Operierte heraus, und die Ärzte entwischten durch andere Türen. Dafür vermehrten sich die Reinigungskräfte, bewehrt mit Schrubbern und Lappen. Und da saßen sie immer noch, meine Mutter, mein Ignacio, sahen die zweite, die dritte, die vierte Stunde vorbeiziehen, wussten nicht mehr, wie viele vergangen waren. Sie saßen oder standen, gingen durchs Wartezimmer, verkrampft, bedrückt, tranken untrinkbaren Kaffee aus dem Automaten. Niemand kam vorbei, um ihnen eine Erklärung zu geben, denn es gab nichts zu erklären, bevor die Operation vorüber war, die ohne Unterbrechung ihren Lauf nahm. Lekz hatte keine Zeit übrig, um Berichte nach draußen zu schicken. Er wäre nicht einmal in der Lage dazu gewesen, wenn er die Zeit gehabt hätte. Denn sein Auge sah nur das eine, während es an meinem blutgefüllten klebte. Er traute sich nicht, aufzublicken. Hätte es nicht gewagt, zu zwinkern, die präzise

Bewegung dieser Instrumente aus den Augen zu lassen, die beleuchteten, vergrößerten, Adern kappten und verödeten, von unerbittlicher Gier besessen. Die Kraft der Hände musste kontrolliert werden, seine Füße musste man fürchten, die steif wurden vom vielen Treten der Pedale auf dem Boden. Denn Hände, Pedale und Füße, sagte Lekz, als er endlich aus dem Operationssaal trat und auf Ignacio und meine Mutter stieß, die ihm entgegenliefen, sobald sie ihn sahen, Pedale und Pinzetten, sagte er, bleich vor Hunger, grün vor Müdigkeit, diese Instrumente, sagte er, sind keine Verlängerungen meiner Finger. Sie haben ein Eigenleben und würden beim geringsten Ausrutscher das Augenlicht mit der Wurzel ausreißen. Ignacio sah meine Mutter an, die, ohne zu blinzeln, Lekz anstarrte, der sich räusperte und hinzufügte, als er endlich die schleimige Gallertmasse aus Blut, die Überschwemmung im Glaskörper habe entfernen, endlich habe untersuchen können, in welchem Zustand sich das rechte Auge befand, habe ihn ein Schauer überlaufen. Aber gleich darauf habe er sich gesagt, sagte er ihnen, er müsse den Adrenalinschub nutzen, und habe sich kopfüber ins linke Auge gestürzt. Er hatte gebohrt, geschnitten, sich bespritzt, kauterisiert, hatte sorgfältig den Augenhintergrund abgesaugt, bis ihm die Arme zu zittern begannen. Er hatte sich gewaschen, von den Fingernägeln bis zu den Ellbogen, hatte sich das Gesicht benetzt und gespürt, wie seine Nasenflügel flatterten, hatte sich den Nacken getrocknet, aber ein Urteil wagte Lekz nicht auszusprechen. Schon gar nicht, an eines zu denken. Es sei schlimmer, als wir befürchtet hätten, bekannte er ausgelaugt und benutzte den Plural, weil seine Operationsschwester oder Assistentin oder Ehefrau hinter ihm stand, noch im Kittel und mit den gleichen mörderischen Augenringen. Ich habe keine Ahnung, nicht die geringste Ahnung, wiederholte er. Zu meiner Mutter. Zu meinem Ignacio, der ebenfalls erschöpft aussah, von den Mühen des Wartens. Man könne nichts über die Zukunft sagen. Lekz ließ für uns Revue passieren, was in meinen Augen vorgefallen war, im Laufe mehrerer Monate. Meine Mutter hörte zu wie eine Hypnotisierte. Ignacio wie ein Leidender. Seine Knie wurden weich, er schwankte in eine Ecke, und niemand vermisste ihn, als er sich mit schlüpfrigen Händen an der Wand abstützte und wie aus der Ferne ein Murmeln hörte, das aus der Luke drang, die ins Jenseits der Wissenschaft führte: Zwölf oder achtzehn Stunden müsse man noch warten, um zu wissen, ob Lekz mich endgültig blind gemacht hatte. Das heißt?, wollte meine Mutter wissen, ebenfalls fern wie ein Säuseln. Was soll das heißen? Das soll heißen, wenn sie morgen Licht sieht, gibt es eine Chance, schaltete sich die Assistentin-Gattin ein. Wenn sie nichts sieht, schaltete sich der Arzt wieder ein und kratzte sich im Nacken, reckte den Hals wie ein gerupfter Vogel, wenn sie nichts sieht, dann weiß ich nicht, *Ma'am*, dann müssten wir weitersehen. Sehen wirst du, dachte Ignacio, wie er mir erzählte, zerstört am Boden. Sehen wirst du, wiederholte er für sich, bevor er Lekz mit einem *la madre que te parió* bedachte, Scheißkerle, du und alle Ärzte. Er steckte den benommenen Kopf zwischen die Beine und verharrte so. Das hatte ihm in der Kindheit seine Mutter geraten, seine Mutter, die weder Ärztin noch Krankenschwester gewesen war, die nichts als Hausarbeit gekannt hatte, seine Mutter, die eine Analphabetin gewesen und nun mausetot war. Sich hinabbeugen. Damit er nicht ohnmächtig wurde. Er solle die Brille abnehmen. Tief durchatmen und die Luft anhalten. Die Handteller noch auf die Fliesen gestützt, hörte Ignacio, wie Lekz über den Gang fortschlurfte, hörte die dröhnenden Absätze meiner Mutter, die auf ihn zukamen.

Kühlkammer

Alles zugepflastert, ein Verband über jedem Auge, mit Klebestreifen befestigt. Eben sind meine Finger aufgewacht und betasten die Ränder auf der Suche nach einer Ecke, die sie ablösen können. Eine strenge Hand fährt dazwischen, auf die lose Ecke geht donnernd ein Verbot nieder. Ignacio? Lass mich los, Ignacio, mein Gesicht brennt. Aber Ignacio lässt nicht los, und ich sage, nimm mir die Maske ab oder lass mich das tun. Ohne die Stimme zu heben, ja ohne mich selbst zu hören, frage ich noch einmal, ob diese dürren, aber kräftigen Finger ihm gehören, diese raue Wange, der Mund, der mich küsst, fast ohne mich zu berühren. Ich frage, unerbittlich. Liebst du mich noch, jetzt, da ich deine Mumie bin? Wenn deine Liebe ausreicht, schieb die Hand unter das Pflaster und sieh nach, ob ich noch Augen habe. Womöglich führe ich dieses Gespräch mit mir selbst, bin womöglich gar nicht aufgewacht, liege immer noch gelähmt in einem Albtraum. Von diesem unheilvollen Ort aus höre ich mich mit wachsendem Bewusstsein, mit steigender Angst abermals flüstern, was ist da drinnen passiert, sind darunter noch Augen? Klar und deutlich höre ich, wie ich Ignacio anflehe, er solle mich nachsehen lassen, ob sie noch in ihren Höhlen sind, ob es kein Fehler war, diese Unterlagen zu unterschreiben, blindlings. Ich frage mich, wie lange ich mich aus meinem Leben und aus dem Leben der anderen verabschiedet habe. Es ist spät, sagt eine gedämpfte Stimme, die ihm gehören könnte, aber auch meiner Mutter. Dann versinke ich in einer weiteren Pause, von der ich mich wieder erhole, um nach dem Arzt zu fragen. Er kommt morgen, antworten unerwartet deutlich und im Chor mein Ignacio und meine Mutter. Morgen früh, sagt sie. Hör auf, herumzufummeln, sagt er. Aber meine Haut brennt und die Ungewissheit ebenso, der gesamte Körper möchte davonlaufen. Gehen wir, beschließe ich, aber niemand rührt sich. Noch nicht, antwortet meine Mutter und verkündet mit Flötenstimme das Hereinkommen der Krankenschwester, die ihrerseits bestätigt, dass ich bleiben muss. Die ganze Nacht über. In Begleitung. Lieber würde ich mit mir allein bleiben, will ich sagen, aber die Krankenschwester bohrt mir ein Thermometer in den Mund. Durch das Laken hindurch hört sie mich ab, stranguliert mein Handgelenk auf der Suche nach dem Puls. Wer von Ihnen bleibt bei ihr, fragt diese Krankenschwester, aber mit meinem beschäftigten Mund kann ich nicht antworten. Ignacio hebt die Hand. Meine Mutter ebenfalls. Der Kampf zwischen ihnen beginnt. Meine Lippen schürzen sich um sechsunddreißig Grad, die die Krankenschwester in die Karteikarte einträgt, ohne auf die Szene zu achten, in der die beiden, die eben noch intime Familiengeschichten ausgetauscht hatten, nun wie Fremde darum streiten, wer die Nacht im Klappsessel verbringen darf. Meine Mutter wirft das Wort Wildfremder in den Ring, Ignacio kontert mit dem Wort Unsinn und legt nach, mal sehen, was Lina sagt. Unentschieden, antworte ich. Beide sollen verschwinden. Stattdessen steigt eine Münze empor, die sich in der Luft dreht, mal Kopf, mal Zahl, dann klingelnd zu Boden fällt. Ignacio zieht sich direkt in die Schlaflosigkeit zurück, während meine Mutter verkündet, so müde sie sei, sie werde ganz gewiss kein Auge schließen. Sie verspricht, über meinen Schlaf zu wachen, aber kaum ruht ihr Kopf an der verstellbaren Lehne, ist sie eingeschlafen. Ich höre sie schwer und langsam atmen. Eine höllische Nacht beginnt, die alles andere als heiß ist: das Zimmer ist eine Kühlkammer, Aberhundert Ventilatoren beherrschen es mit einem metallischen Surren. Die Bettdecke muss zu Boden gerutscht sein, und ich zittere im wilden Luftzug. Ich kann nicht aus dem Bett, bin an den Tropf gekettet, der für die Hydrierung sorgt. Man hat mir keinen Klingelknopf gegeben, auf den ich im Notfall drücken könnte. Deshalb ist ja meine Mutter da. Mama, Mama, Ma, wiederholt mein Echo in der Krankenhausleere. Mamama, sage ich noch einmal lauter und schicke ein verbittertes, aber gedämpftes Scheißhexe hinterher. Aber weder belebt sie meine Beleidigung, noch bewegt sie mein schallendes Rufen, meine Fäuste, die den Nachttisch bearbeiten, mein Getrampel auf dem Bett. Nicht einmal ihr eigenes höllisches Schnarchen weckt sie. Nicht der ferne, stoßweise Schluckauf, der ebenfalls meine Nacht stört.

Ich kritzele mit meinen bereits eisigen Fußspitzen eine Botschaft: Wenn ich an Unterkühlung oder Lungenentzündung sterbe, soll jemand meine Mutter anzeigen. Auf dem Gipfel der Verzweiflung suche ich Trost, indem ich eine Ecke des Pflasters löse und einen Finger hineinschlüpfen lasse, der sich nach dem Lid ausstreckt und es auch findet. Da ist ein schläfriges, genesendes Auge. Ein Auge neben dem anderen, mit kleinen Buckeln, die Knötchen unter den Lidern verbergen. Es dämmert bereits, als jemand hereinkommt und ich ihn anflehe, meine Mutter mitzunehmen und mich bei der Gelegenheit zuzudecken. Unter den Decken verliere ich das Bewusstsein, bis wir wieder vollzählig sind. Wach und immer noch verblüfft, wieder zu dritt: meine Mutter, die sich beklagt, kein Auge zugetan zu haben, Ignacio, der seine Schlaflosigkeit fortsetzt. Da sind wir, ein schläfriges Trio, sitzen auf dem Bett wie Schiffbrüchige und warten auf den Arzt.

Bläschentheorie

Nachdem meine Finger langsam die Ränder gelockert hatten, beendeten die seinen das Werk: mit einem Ruck flog das erste Pflaster fort, mit einem weiteren das zweite, das gleich die Augenbraue mitnahm. Zum abertausendsten Mal saßen wir einander gegenüber, der Augenarzt und ich. Öffne das rechte Auge, sagte er als Erstes, und als Zweites, siehst du etwas? Einen Augenblick lang dachte ich über seine Frage nach, dachte, dass ich keine Antwort darauf wusste. Ich war ein einziges Zittern, bis zu den Pupillen. Also, wiederholte Lekz noch langsamer, unglaublich gedehnt und deutlich, als übersetzte er sich selbst aus einer untergegangenen Sprache. Siehst du etwas? Ich zögerte nicht etwa mit der Antwort, weil ich seine Worte nicht verstanden hätte, sondern weil ich mitten in diesem Verb hängen geblieben war. Etwas sehen. Was sehen? Ich sehe nichts, Doktor, murmelte ich, noch immer wie ausgelöscht oder geblendet vom Anblick des ewigen Lebens im Moment des Todes. Ich sehe nichts als Licht, Doktor. Ein weißes, strahlendes Licht, das mich ganz benommen macht. Das war alles. Kein Schatten, keine Abstufung, nicht ein einziger jämmerlicher Gegenstand. Aha, stieß Lekz zwischen den Zähnen hervor und flüsterte dann ein knappes *good*, das sich einen Augenblick lang wie das Gegenteil anhörte. *Good* war ein Wort, das Lekz mal als Füllsel einfließen ließ, mal kam es ihm schwer über die Lippen wie ein Stein, der im Schweigen versinkt und konzentrische Kreise hinterlässt. Das Wort hatte seine Wirkung über das ganze Zimmer ausgebreitet. Denn da waren noch andere Leute: meine Mutter, die seufzte, und mein Ignacio, der ein Hosenbein am anderen rieb. Lekz fuhr mit der Untersuchung fort. Er schaltete einen kleinen elektrischen Mond in meinem Auge an, der bis hinein in meine perversesten Wünsche leuchtete. Und was siehst du jetzt, fragte er, zielte dabei immer noch mit seiner Lampe auf mich. Nichts als makelloses Licht, Doktor, mehr nicht, also weniger als vorher. Aber Lekz, der Unerschütterliche, sagte eisern. Und jetzt? Im linken Auge?

Der Trommelwirbel der Lichter ermüdete mich allmählich. Ich wollte die Lider schließen, beide zugleich, mich zurück in die Dunkelheit flüchten. Dieses Licht beleuchtete die Leere, die Einsamkeit, meine absolute Hilflosigkeit. Ich bin immer noch blind, Doktor, aber jetzt ist alles weiß. Ich hörte, dass meine Mutter bei meinen Worten aufstand, dass Ignacio die Beine entflechtete. Dass Lekz sich durch die dichte Mähne fuhr, auf der Suche nach einer künftigen Glatze, nur um mir zu sagen, das sei gut so, wobei er die Vokale dehnte, momentan sei es wünschenswert, dass ich nicht mehr sähe als das. Lekz hatte meine Augen entleert und sie mit Helium gefüllt. Das sah ich also vor mir: zwei Gasbälle, in denen das Licht zusammenlief. Ich habe dir die Augen aufgeblasen, und jetzt stehen sie unter Druck, aber das war nicht zu vermeiden, sagte Lekz etwas feierlich und unerwartet, denn ich habe freihändig alle Löcher zugenäht. Du wirst das Gefühl haben, dass dein Auge explodiert, dass die Nähte platzen. Aber das, er räusperte sich, seine Lunge erinnerte sich an die zahllosen Zigaretten, die er in einem früheren Leben geraucht hatte, aber das, der Schmerz in den Augen, ist erst der Anfang. Du wirst den Kopf gesenkt halten müssen, damit das Gas aufsteigen kann, Druck auf die Netzhaut ausübt und sie vernarbt. Wie lange, fragte ich beiläufig, ohne abzuschätzen, wie angestrengt der Nacken, wie angespannt, wie steif der Hals werden würde. Vier, fünf Wochen oder sogar sechs, sagte Lekz mit leichtem Zweifel und besonderer Vorsicht, so lange, bis sich das Gas aufgelöst hat. Aber fünf, sechs Wochen vergehen im Flug. Im Flug, wiederholte ich mir und rechnete hastig durch, dass die Hirnmasse eineinhalb

Kilo wog und man noch das Gewicht der Knochen dazuaddieren musste. Ein Eigengewicht, das ich ab sofort im Neunzig-Grad-Winkel würde tragen müssen. Du solltest jetzt den Kopf senken, befahl Lekz ohne jedes Mitleid. Nach unten damit, und heb ihn erst wieder, wenn die Bläschen vollkommen verschwunden sind.

meine Mutter und ihr Doppel

An diesem Abend brach meine Mutter zum Flughafen auf. Ihre Patienten verlangten nach ihr, während die Tochter, die keine mehr sein wollte, ungeduldig darauf wartete, dass sie abreiste. Du kommst zurecht, fragte meine Mutter mit der Stimme meines Vaters, du kommst zurecht?, hielt mich im Arm, versuchte jedoch, Abstand zu gewinnen. Das Taxi wartete auf dem Gehweg. Du kommst zurecht, wiederholte sie, halb Feststellung, halb Frage. Mein Kopf nickte, schlecht guillotiniert baumelte er an meinem Hals. Ich stützte ihn mit den Händen. Meine Mutter zitterte, doch die Ärztin, die sie zugleich war, gebot ihr, sich zu beherrschen, die Tränen an der Manschette ihrer Bluse zu trocknen, den Flug nicht zu verpassen. Wir müssen los, sagte das Doppel meiner Mutter, jetzt gleich, und ja, dachte ich, fahrt bloß beide ab, vor allem die Ärztin. Aber meine Mutter schnappte zu wie ein Schloss, während die andere an ihr rüttelte, um sie von mir loszureißen. Sie zweifelte an ihrer Entscheidung, zurückzufliegen, zierte sich noch ein paar Minuten, meine Mutter, kämpfte mit sich selbst, damit ihr Doppel nicht zu spekulieren anfing, was geschehen könnte, wenn sie abzog, denn die andere war Landesmeisterin im Pessimismus. Wenn sie sich anhörte, meine Mutter, was das düstere Gehirn der Ärztin vermutete, würde sie mich niemals mehr verlassen können. Sosehr die Pflicht nach ihr rief. Ihre schwer kranken Kinder und die Mütter dieser Kinder. Denn wenn sie und ihr Doppel auch anderer Meinung waren und stritten, sie zogen immer am selben Strang, wenn die Hauptrolle in einer Familientragödie zu verteilen war. Ich komme zurecht, Mama, du kannst jetzt fahren, wiederholte ich, aber sie klammerte sich noch fester an mich, und am Drahtkäfig, zu dem meine Rippen geworden waren, spürte ich, wie beide miteinander rangen und sich wanden. Ihre Knochen krachten gegen die meinen, ihre Gliedmaßen bogen sich wie aus dem Takt gekommen. Die Ärztin wollte sich immer noch losreißen, während meine Mutter mich fest gepackt hielt. Und obwohl mir die schwitzige Wärme dieses Körpers in doppelter Bewegung eine Art Widerwillen und Argwohn einflößte, hinderte mich etwas ebenso Unbegreifliches daran, sie gehen zu lassen. Wir hatten uns alle drei in der Nabelschnur der Krankheit verwickelt, versanken alle drei in einem klebrigen Fruchtwasser, in dem wir zu ertrinken drohten. Ignacio kam von hinten heran und rief unsere Versammlung zur Ordnung. Es ist Zeit, sagte er und ließ meiner Mutter keinen anderen Ausweg als die Flucht. Das Gepäck ist schon im Kofferraum, drängte er sie, und das Taxameter läuft. Der Fahrer rauchte, bereits hinter dem Steuer, gleich neben uns, ich konnte den verbrannten Tabak riechen, sogar seine Anspannung. Liebes, flüsterte meine Mutter stockend und schnäuzte sich in ein Taschentuch, das sie aus einer Jacke geborgen hatte. Liebes, wie im Geheimen, wenn ich könnte, Liebes, und das sagte sie allein, meine ungeteilte Mutter, Liebes, wenn ich könnte, ich würde dir meine Augen geben. Auf der Stelle würde ich sie mir herausreißen, hier mitten auf der Straße, ich wäre glücklich, wenn du sie hättest. Ich bin alt, ich habe sie schon lang genug benutzt. Von fern hörte ich, wie Ignacio mit dem Taxifahrer sprach, ihm sagte, gleich, gleich, und ich nickte wie schuldbewusst, mit gesenktem Kopf zwischen den Schultern, und wusste nicht, was sagen, was antworten, außer ihr zu danken und mich langsam aus der Erdrosselung zu lösen, danke, aber das ist nicht nötig, ich komme zurecht, und in dem Moment spürte ich, dass meine Mutter, die Ärztin, an ihrer Brille rückte, die Brauen hochzog und böse dabei flüsterte, wie kommst du auf die Idee, jemandem deine Augen zu überlassen, noch dazu der da, die nicht mal sorgsam damit umgehen kann. Meine Mutter, die Ärztin, schimpfte mit ihr: Wie willst du dann deine Patienten sehen? Aber mir war es gleichgültig, ob sie stritten oder einander kritisierten, wie sie es von jeher getan hatten. Ich stand reglos auf dem Pflaster, konzentrierte mich auf das Bild meiner Mutter, die sich mit ihren langen lackierten Nägeln erst ein Auge herausriss, dann das andere. Ich sah sie vor mir, ihre schon leicht vergilbten, kugelrunden Augen, mit der leeren Höhle durch einen dicken, tiefroten Nerv verbunden, der sich dehnte und zusammenzog, ohne zu reißen, während meine Mutter daran zerrte und ich selbst schrie, Formalin!, her zu mir!, Formalin!, denn Augen sind Organe von äußerst kurzer Haltbarkeit. Die Augen sind das Organ, das sich als Erstes zersetzt. (All das dachte ich und versuchte zugleich, es nicht zu denken, und dann fiel mir ein, dass man in Formalin nur tote Organe konserviert.) Ich verstieß gegen das Verbot des Augenarztes, reckte den Hals und gab meiner Mutter zwei Küsse, einen auf jedes Lid, verweilte mit den Lippen eine Spur zu lang für einen töchterlichen Kuss, aber die Haut dort war so weich und zart, die Wärme so vollkommen, so sanft und leicht die Bewegung in den Höhlen. Meine Mutter hielt mich nun nicht mehr umklammert, ihre Arme entspannten sich, liebenswürdig verabschiedete sie sich von Ignacio, auf Wiedersehen, *hijo*, sagte sie, und ich hörte all das, versank aber auf einmal in dem quälenden Gedanken, dass ihre Augen allzu viele Fasern hatten. Es waren gebrauchte Augen, abgenutzt und von der Medizin verdorben, allzu alte Augen, und ich schubste meine Mutter in Richtung Taxitür, damit sie endlich ging. Als sich das Auto entfernte, fing ich ganz langsam zu lachen an, der Nacken leicht gebeugt, der Kopf bezwungen, der Blick verschleiert, und malte mir das Grauen aus, mich im Spiegel auf einmal mit diesen senilen Pupillen zu sehen. Da hörte ich ihre brüchige Stimme, die sich mitten auf der Flucht zu mir umwandte, ihre Stimme aus dem Fenster des fahrenden Wagens, Liebes, schrie meine Mutter opernhaft und prophetisch, Liebes, zähl auf meine Augen, sie gehören dir, wenn du sie willst.

sich ein wenig umbringen

Ignacio fiel nun die schaurige Mission zu, mit der Zange seiner Finger die gestutzten Wimpern hochzuschieben und meinen gläsernen oder verlorenen Blick zu versorgen, die geweitete Iris in ihrem schwarzen Loch, die durchbohrte Hornhaut mit drei schlecht geflickten und angeschwollenen Einstichen um jede Pupille. Jedes Auge bis zum Bersten aufgebläht, ständig kratzende Nähte unter der Haut. Dort musste Ignacio verschiedene Augentropfen einträufeln, eine Reihe von Salben auftragen und das Fett wegwischen, das unter den Rändern hervorquoll, wenn das Auge endlich unter dem mörderischen Gewicht der Lider, Pflaster und Krämpfe nachgab, die vom Nacken bis in den Rücken wanderten. Ich habe Hunger, verkündete ich, während Ignacio sich angewidert, voll Übelkeit und dem Bedürfnis, in Ohnmacht zu fallen, Finger, Hände, Nägel, Ellbogen und Zähne putzte. Obwohl er nichts essen wollte, bestellten wir im kubanischen Restaurant an der Ecke Sandwiches mit blutigem Fleisch. Um uns zu stärken, beharrte ich, damit wir nicht mit leerem Magen ins Bett gehen. Aber zu essen, ohne den Kopf heben zu können, war ein weiteres Martyrium. Runter damit, befahl Ignacio und verwandelte sich in die unverschämte Puppe des Bauchrednerarztes. Sonst bekommst du grauen Star, sagte er und verlor die Geduld, zornig, wütend, erschöpft, mein Pfleger. Runter damit, sagte er mit Peinigerstimme und verdarb mir den Trost des Essens. Es war schwierig, mit gesenktem Kopf zu kauen, gefährlich, zu schlucken, unmöglich, zu reden, ohne das Gesicht zu heben, mein Gesicht, das sogleich dem Befehl trotzte und sich instinktiv nach einem Blick reckte. Die Augen geben nie auf, immer suchen sie andere Augen, sagte ich und verstand, dass ich eben diesem Impuls folgte, aber Ignacio akzeptierte keine Erklärungen. Runter damit. Nur mit Worten solle ich mich an ihn wenden, nicht mit den Augen. Solle den Nacken kontrollieren. Und bitte aufhören, hin und her zu schaukeln auf dem Stuhl. Losgelöst vom Willen, betätigte sich mein mechanischer Körper immer noch als Pendel, mein Kopf kämpfte darum, sich zu erheben, meine Lider darum, sich zu öffnen und Ignacio mit Mottenaugen voller Licht zu erschrecken. Mach sie zu, sagte mein Pfleger, bis ins Mark erschüttert, und würgte mühsam ein Stück Brot mit etwas Wasser hinunter, Scheiße noch mal, ich kann nicht essen, wenn ich dich so sehe. Mich zu kontrollieren, brachte ihn aus der Fassung, aber auch nachts ruhte er nicht, wenn er über meinen Schlaf wachte: Jede meiner Bewegungen hinderte ihn am Schlafen. Mich ließen meine Leiden erschöpft ins Bett sinken, und ich scherte mich nicht um die nächtliche Haltung meines Kopfes, während Ignacio aus seiner Schlaflosigkeit fuhr, mich rüttelte, mich vor mir selbst schützte. Dreh dich um, du liegst falsch, und ungeduldig stieß er mich in die ideale Stellung für die Bläschen. Ich erinnerte mich an nichts von dem, was in der Nacht geschah, ob wir gestritten hatten, ob wir uns geküsst oder angespuckt, ob wir uns begehrt hatten, der eine in den anderen gelöffelt oder ich an seiner Brust, ob wir einander noch ein bisschen mehr umgebracht hatten. Mit professionellem Sklavenethos stand Ignacio im Morgengrauen auf und machte sich schwarzen Kaffee. Durch die Morgenmüdigkeit wandelnd, verabschiedete er sich von mir oder riss sich mit einem Türknallen los. Ignacio ließ sich unmöglich zurückhalten, von seinen alltäglichen Fluchten ins Büro abbringen, aus seinem Unterricht holen, weg von all den Studenten, die seinen Blick mit eifriger Dreistigkeit zurückgaben. Wie ein Knauser mästete er sich mit spontanem Lachen und geistreichen Gesprächen, seine Lippen voll von Politikwissenschaft, Debatten, Korruption, seine Lippen, die mich ein wenig vergaßen, während auch ich ein wenig von seinen Wutanfällen ausruhte und mich all den winzigen Geräuschen hingab, die das Haus in seiner Abwesenheit für mich orchestrierte. Aber Ignacios Liebe war beweglich und dehnbar, sie spannte sich, ohne zu reißen, und brachte ihn an meine Seite zurück. Er rief mich an, um sich zu vergewissern, dass ich aufgestanden war, dass ich den lauwarmen Kaffee auf dem Tisch gefunden hatte, den bereits mit Butter geschmierten Toast, die fertige Spritze, wollte wissen, ob ich mit gesenktem Kopf den Flur zurückgegangen war, mich bäuchlings auf die Matratze gelegt hatte und womit ich meine Gedanken beschäftigte. Ich kroch durch die Wohnung und log in die Ferne zu allem oder fast allem, ja, ja, wenn ich meinen gestraften Kopf schleppte und stützte, ja, wenn ich vor der Kühlschranktür stand, ja, wenn ich mit gelangweiltem Finger den Grund der Gefäße erforschte und eine Spur von Krümeln hinterließ, die Ignacio dann mit seinem Geruch nach Stadt, nach offenen Straßen und verstaubtem Papier, nach schnell verblassender Freude auffegen musste. Aufwischen. Aufräumen oder putzen und mich verachten oder vergöttern, während er sich meinen Wünschen hingab wie einem Laster, Ignacio, ohne jede Frist, ohne jede Bedingung.

Funken, Blitze

(Hören oder mir einbilden, wie deine rhythmischen Schritte den Flur heraufkommen. Schlüssel heraufbeschwören, die sich im Schloss drehen, die Zunge des Riegels, der die Tür von innen leckt, das Reiben von Sohlen auf dem immer noch nackten Parkett, über das du ganz langsam näher kommst und mich suchst. Lina? Ich entwische in die Winkel der Wohnung, die ich zu erkennen gelernt habe, als hätte ich deine kurzsichtigen Augen, auch wenn du nicht da bist. Ich hinke nicht mehr, das Hinken hat sich zurückgezogen, weil alle Schmerzen über die Wirbel Richtung Hals und Gesicht geglitten sind und den Rest des Körpers erlöst haben: sanft schiebe ich die Beine auseinander, beuge die Knie energisch zur Brust, bin nicht länger die gelähmte Blinde. Lina? Hier, sage ich, im Schlafzimmer. Ich strecke mich auf dem Bett und wachse ein paar Zentimeter, während ich meine Schenkel entblöße. Und herein mit Ignacios Überdruss und Entmutigung, herein mit seinem Geruch nach Hunger und überquellenden Aschenbechern, herein zwischen meine Beine.

Hier. Und du nimmst, was ich dir biete, wie ein ausgehungerter Hund den dürren Knochen. Du kommst mir magerer, elender vor, aber auch ich bin dürrer, jämmerlicher, matter. Wir fallen mit den Zähnen übereinander her wie Tiere, wie elektrische Tiere, der Strom deines Körpers belebt mich, ich bin das zusammengeflickte Ergebnis deines Blitzschlags. In meinen Augen springen Funken, weißes und blaues Gefunkel, Blitze, rufe ich aus, ich sehe Blitze. Ich sage es dir entrückt und perplex, von Schrecken und Entzücken gepackt, aber hör nicht auf, ich grabe dir die Fingernägel in den Rücken, ein unglaublicher Sex, diese Funken blitzen in jeder Naht der Netzhaut, ich will dir all das sagen, dir jedes Detail beschreiben, aber du hältst mir den Mund zu, knebelst meine besessene Liebe zum Detail, du musst jetzt vergessen, wenigstens in diesem Augenblick, wer wir sind und was wir hier machen, wer du bist und wer du warst, vorher. Ich kann nicht, wenn du schreist, schon gar nicht, wenn du lauthals lachst. Aber seit wann habe ich nicht mehr gelacht, antworte ich, nicht mehr so gelacht. Wie eine Irre, antwortest du mit einer Miene, die ich mir schreckverzerrt ausmale. Manchmal machst du mir Angst, sagst du, schnaufend, schmerzlich, und schiebst mich beiseite wie einen Socken voller Splitter. Im Bett weiß ich manchmal nicht, wer du bist. Ich weiß fast nie, wer du bist. Das sagst du mit einer untröstlichen, wahrhaftigen Stimme, die mich auf einmal einschüchtert. Heißt das, du willst aufgeben? Ich höre, wie du eine Zigarette anzündest. Wir liegen auf dem Laken. Ich auf dem Bauch, du zur Decke blickend. Ohne den Kopf zu heben, komme ich näher und bitte dich um einen Zug. Ich überlasse dir meinen elektrisierten Rücken, damit deine Finger den Funken Strom empfangen, den dieser Augenblick erfordert. Wir schließen uns wieder aneinander an. Und dann, sagst du, als würdest du ein unterbrochenes Gespräch aufnehmen, einen Dialog, den du seit Minuten oder Monaten allein mit dir führst, und dann, wenn du so lachst, fühle ich mich wie ein Fremder, ein Unbekannter, ein Provisorium. Fühle mich entsetzlich einsam. [Aber genau das sind wir, zwei Fremde, zufällig vereint im unlösbaren Rätsel der Krankheit.] Ich will mich nicht einsam mit dir fühlen, sagst du feierlich, denn ich habe sonst niemanden. Ich habe keine Eltern mehr, habe keine Geschwister, kein Vertrauen mehr in meine Freunde. Du bist das Einzige, was ich habe, und nicht einmal da bin ich mir sicher. Wissen will ich, sagst du, ob du mich verlassen wirst, wenn du wieder in Ordnung bist. Ob du mich aufgeben wirst. Ich meine, sagst du, wärst du bereit, zu heiraten? Heiraten, wiederhole ich, ohne das Wort zu verstehen, heiraten, ich schweige gerührt, knete diese nachhallende, ominöse Frage, das frenetische, zarte Flattern dieses Satzes, erwäge die Bedeutung der Frage und die Konsequenzen der Antwort. Je nachdem, sage ich, in einem Spannungsmoment voll Liebe und Niedertracht, je nachdem, wie sehr du mich liebst, wie viel du noch bereit bist für mich zu tun.)

Diktat

Eines war es, über die Strategien der Unterjochten, den Widerstand von den Rändern her zu theoretisieren, und etwas radikal anderes, mitzufühlen. Die Strategie meiner Kommilitonen erwies sich als folgende. Sich blind stellen. Hinter der Lektüre verschanzen. Hinter der Hochschule verstecken und von ihrem Jargon einseifen lassen. Was sollten sie mir schon sagen, wenn sie doch nur über nebulöse Begriffe in nicht minder rätselhaften Büchern zu reden verstanden, die ich nicht las. Vielleicht dachten sie, dass man ohne Augen nicht mehr denken konnte. Dachten sie, zum Denken müsse man die neueste Theorie kennen? Ich hatte keine Gelegenheit, ihnen zu sagen, dass ich während der langen Tage meiner Blindheit nichts anderes tat als lesen. Woche für Woche erhielt ich Bänder mit Büchern, kiloweise, per Post. Ich klammerte mich an die Fiktion wie an Ignacio. Nur die Betreuerin meiner unterbrochenen Doktorarbeit wusste das. Nur sie rang sich zu einem Anruf durch, ab und zu. Wie ist die Operation gelaufen, fragte auf einmal ihre brüchige, aber feste Stimme, in der ihr ursprünglicher Akzent kaum durchklang. Was soll ich sagen, sagte ich, doch sie sprang gleich zur nächsten Zeile über, ohne mir Zeit für all die Einzelheiten zu lassen, inzwischen mein Fachgebiet. Silvina hatte selbst genug an derlei Details, auch sie war Expertin in den Schrecken des Körpers. In Sachen Überleben besaß sie die höchsten Qualifikationen: außer akademischen Graden häufte sie virtuelle Orden an, die bezeugten, dass sie zwei Mal hintereinander den Tod besiegt hatte. Und das Schreiben, fragte sie, wie geht es mit dem Schreiben voran? Mit dem Schreiben?, entgegnete ich und erinnerte sie an unsere Abmachung, dass ich meine Forschungen aussetzen würde. Die Krankheit in der lateinamerikanischen Literatur, dachte ich und dann, dass ich die Anthropologin war, die sich in ihr Studienobjekt verliebt. Eine maßlose, riskante Liebe, denn das Objekt hatte sich meiner bemächtigt, sich gegen mich gewandt. Also hatte ich mich im Schützengraben verschanzen, die Doktorarbeit vorläufig begraben müssen. Ich tat nichts anderes, als mir Romane in die Ohren zu stöpseln oder im Radio oder Fernsehen die Nachrichten zu hören, ein Versuch, nicht ganz den Anschluss an die Welt zu verlieren, doch vom eigenen Schreiben sah ich ab. Ich meine, sagte Silvina, den Roman, an dem du schreibst. Der Roman, antwortete ich, dieses unvollendete Ding ist momentan genau das, und ich blieb hängen bei diesem Satz, den nicht einmal ich selbst ganz begriff. Aber du darfst nicht mit dem Schreiben aufhören, drängte sie, schreib über das Jetzt, den Alltag. Über ein blindes Gedächtnis, sagte ich. Silvina entgegnete. Es gibt viele blinde Schriftsteller. Bloß einen, rief ich ihr in Erinnerung. Mag sein, murmelte sie. Und wir schwiegen, sie in Gedanken an jenen Schriftsteller und die Frauen, die ihm stundenweise vorgelesen hatten, an die Reihe seiner Sekretärinnen und Stenografinnen; ich in Gedanken an Silvinas zitternde Hände, an die peristaltische Bewegung ihrer Finger beim Sprechen, an das leicht hängende Lid über dem linken Auge, das ihr eine beunruhigende Schönheit verlieh. Aber Silvina unterbrach unsere simultanen Gedanken mit einer Frage, die wie eine Feststellung klang. Du diktierst auf ein Tonbandgerät, genau das musst du tun, diktieren. Es ist nicht das Gleiche, Romane zu hören und sie zu diktieren, sagte ich. Dann diktiere ein Tagebuch, sagte sie. Und ich: Von jeher habe ich zur Fiktion tendiert. Nicht die Tatsachen trieben mich an, sondern die Wörter; und Wörter verschieben, Sätze bauen und wieder einreißen, um sie von Neuem zusammenzusetzen, all das mache die Hand. Schreiben sei eine manuelle Tätigkeit, reines Jonglieren. Da würde ich eher die Brailleschrift erlernen, wozu man die Finger brauche, anstatt nach Gehör zu arbeiten. Aber warum versuchst du es nicht, sagte sie, resolut, hast du ein Tonbandgerät? Soll ich dir meins schicken? Du wirst dich im Nu dran gewöhnen. Nein, Silvina, nie werde ich mich daran gewöhnen und will mich nicht gewöhnen, sagte ich finster und spürte, wie meine spröden Worte im darauf folgenden Schweigen knirschten. Merkst du nicht, dass du gerade Lina Meruane zum Verschwinden bringst? Und ich entgegnete, ohne zu zögern, dass Lina Meruane auferstehen werde, sobald das Blut Vergangenheit sei und ich die Sehkraft wiedererlangt hätte.

verstümmelt

Das schnurlose Telefon steckte in meiner Tasche und klingelte immerzu, während ich irgendwo in der Wohnung lag, auf dem noch immer nicht existierenden Sofa oder Sessel, also auf dem vom Umzug versehrten Boden, vor allem aber ausgestreckt auf dem Bett, damit der Kopf mir nicht zu schwer wurde, und ich drückte auf die Taste und sagte ja? ja? und fragte mich, wann ich endlich sagen würde: nein. Es konnte immer wieder Manuela sein, die mir einen Besuch vorschlug, den ich hinausschob. Es konnte Ignacio aus dem Büro sein, meine Mutter, mein Vater oder beide zusammen aus Santiago. Mein Vater gab nicht mehr als ein zögerliches Lucina? von sich, *hija?*, wie geht's den Augen?, denn sogleich riss ihm meine Mutter den Hörer aus der Hand oder unterbrach uns an einem anderen Apparat. Jetzt, da nur noch sie beide in dem Haus wohnten, hatten sie alle Hörer zu ihrer Verfügung. In jedem Zimmer stand ein Telefon, und sie benutzten alle, um mich anzurufen. Bestimmt sind sie es, dachte ich, denn Ignacio war gerade erst aus dem Haus gegangen. Sie begrüßten mich im Chor, wie geht's den Augen. Meinem Vater gingen gleich die Fragen aus, und er überließ das Gespräch meiner Mutter. Ohne eine Antwort zu meiner Gesundheit oder meinen Sorgen abzuwarten, hatte meine Mutter mich bereits kategorisch auf eine Schwäche festgenagelt. Was die Geduld angehe, würde ich die Flinte ins Korn werfen. Und das Vertrauen und die Vernunft gleich hinterher. Ich sei völlig aus dem Tritt geraten, müsse aber stark bleiben, denn ich hätte das Privileg, am Leben zu sein. Ich weiß, es geht dir nicht gut, sagte sie. Meine Sensoren täuschen mich nie, fügte meine Mutter hinzu, fantastisch und prompt, aus einer Entfernung von achttausendzweihundertdreiundfünfzig Kilometern und ein paar Zerquetschten. Und nichts von dem, was sie sagte, hätte mich trösten können. Sie hatte Zweifel, doch der Zweifel reichte nicht, um sich zu beherrschen, denn ihr kam der Gedanke, ein erbärmlicher Gedanke, dass eine schlimmere Geschichte als die meine die Dinge ins richtige Licht rücken würde. Blindsein ist nichts, rein gar nichts, sagte sie, verglichen mit dem, was einer armen Medizinstudentin zugestoßen ist. Ich hätte nicht fragen dürfen, aber ich ging meiner Mutter in die Falle und fragte nach der armen Medizinstudentin, die fast zehn Jahre jünger war als ich, neun, um genau zu sein. Die arme Medizinstudentin, fing sie zu erzählen an, meine hemmungslose, makabere, krankhafte Mutter, ist mit dem Zug in den Süden aufgebrochen, und mitten in der Nacht kam ihr etwas in den wachen oder schlafenden Sinn, ein böses Vorzeichen, das aus dem Dunkel einer stillgelegten Station Rauchwolken und Pfiffe aussandte; man weiß nicht, was es war, sagte meine Mutter, schmerzerfüllt, aber sie ist aufgestanden und durch den Zug gegangen, ihrem Unheil entgegen, und als sie von einem Waggon zum nächsten wechseln wollte, trat sie daneben, trat ungeschickt nicht daneben, sondern ins Leere. Zwischen den Waggons war gar nichts, kein Zipfel Plattform. Meine Mutter machte eine Pause, während wir beide uns den Sturz auf die scharfen Schienen vorstellten und den Zug, der gleichgültig seinen Weg fortsetzte. Bist du noch da? Wo soll ich hin, fuhr ich auf und wünschte, ich hätte den Sturz nicht nachempfunden, den tödlichen Aufprall der Studentin. Sie ist verblutet, oder? Nein, entgegnete meine Mutter. Sie lag bewusstlos auf den Gleisen und kam erst zu sich, als der Zug bereits verschwunden war. Sie wusste nicht, was ihr zugestoßen war. In der Nacht schien der Mond nicht, sie hat rein gar nichts gesehen und nicht verstanden, warum sie nicht aufstehen konnte, warum ihr die Hände nicht gehorchten. Sie fing zu schreien an, weil sie in der Ferne ein paar schlaflose Hunde hörte. Bis ihr die Nachbarn, durch das Bellen alarmiert, zu Hilfe kamen. Meine Mutter, von einem unkontrollierbaren Impuls getrieben, erzählt dann, dass der Zug ihr beide Beine und Arme abgetrennt hatte. Und dann, fuhr sie fort, aber ich wusste schon, worauf sie hinaus- und wohin ich ihr nicht folgen wollte, ich wollte nicht, dass sie mich weiterquälte, nie mehr. Dann nichts, sagte ich, erzähl nicht weiter. Ich will es nicht wissen. Was fällt dir ein, mein Los mit dem ihren zu vergleichen, sagte ich und spürte, wie eine alte Wut in mir hochkam, ein blinder Schrecken, den ich nie ganz hinter mir gelassen hatte, ich konnte ihn vergessen, aber immer kam meine Mutter, brachte ihn zurück und machte mir Angst mit ihrer eigenen Angst. Erzähl mir nie wieder Tragödien, Mama, nie, nie mehr. Und ich drückte alle Knöpfe auf einmal und brach für ein paar Tage jede Verbindung ab.

Doppelwirkung

Im Bad eingeschlossen, nehme ich mir die Pflaster ab: erstens das eine, zweitens das andere, drittens öffne ich ruckartig die Augen. Die schwarzen Fäden sind bereits gerissen und abgefallen, gemäß ihrer mysteriösen Bestimmung. Nun sehe ich nicht nur zwei Bündel grellen Lichts. Die Bläschen sind auf dem Rückzug und legen an den Rändern mein wahres peripheres Gesichtsfeld frei, übersät von zarten, verwaschenen Farben, Überreste eines Regenbogens, der niemals mehr den gleichen Glanz haben wird. In der Mitte jedoch wirkt das Gas als Vergrößerungslinse, als mächtige Lupe, unter der die Linien der Hand anwachsen, sich abzeichnen, die winzigen Blumen auf der Seifenschale, die Hinweise auf dem Aspirinröhrchen. Als hätte ich Halluzinationen. Das ähnelt dem Sehen, ist aber weit mehr, als verfügte ich über ein echtes bionisches Auge. Da mir die Gewohnheit abhandengekommen ist, die Augen zu benützen, taste ich nach einem Handspiegel in der Schublade. Was ich darin aus zwei Zentimetern Entfernung sehe, sind meine Nasenlöcher und darüber zwei geschwollene, versehrte Kugeln, zwei offene, unergründliche Pupillen, ich rücke ab, und aus meinen beiden Augen werden vier. Ich hole Luft, vergrößere die Distanz, probiere jedes Auge einzeln aus und stelle beunruhigt fest, dass mir das rechte überzeichnete, makellose Bilder zeigt, während das linke sie leicht verzerrt wahrnimmt. Ich probiere es mit beiden zusammen: Die Gegenstände verdoppeln sich. Doppelt denke ich, dass ich sehe, und das ist die gute Nachricht, aber ich sehe schlecht, und das ist die schlechte. Da sehe ich, dass zwei Tränen auf meinen Spiegel fallen, der ebenfalls seinen Zwilling hat. Etwas ist schiefgelaufen, teile ich Ignacio mit, als ich ihn am Türschloss höre, im Arm eine Schachtel Eier und eine Tüte Milch. In die-sem Au-ge, sage ich und wäge jede Silbe einzeln ab, da gibt es ein Problem, das vielleicht zwei sind. Was für ein Problem, woher weißt du, stottert er und ist sich bewusst, was das bedeuten kann, weitere Operationen oder die endgültige Operation. Ich sehe schlecht und sehe doppelt. Doppelt, stottert Ignacio mit trockenem Mund, verwirrt und erschöpft von all den Schrecken, aber auch erstaunt, dass ich mein schlechtes Sehen wahrnehmen kann. Bildest du dir das nicht ein? (Wie soll ich dir das erklären, du hast es nicht erlebt, nicht mehr sehen zu können und dann wieder zu sehen, jedes Auge für sich.) Erklärungen sind überflüssig. Mein Körper weiß mit unumstößlicher Gewissheit, das ist schlimmer als das Schlimmste. Schlimmer als die Nachwirkungen des blendenden Lasers, mit dem mir Lekz zwei Jahre lang das Augeninnere versengt hatte. Schlimmer als das Anschwellen des Bindegewebes, das mich nach seinen Eingriffen am Lesen gehindert hatte. Schlimmer als die möglichen Risse, die möglichen Kratzer durch das Operationsbesteck, als das Zerren der straffen Krusten auf der Netzhaut, als der graue Star, wenn das Helium ganz verschwunden sein würde. Ich verzichte auf die Wissenschaft und ihre möglichen Erklärungen. Das hier ist ein Auge, das erlahmt ist, ein Auge, das hinkt, ein Auge oder zwei Augen, die unwiderruflich krank sind. Und ich lasse zu, dass sie wütende, ätzende Tränen vergießen, ich bestrafe sie, meine verdammten Augen, liefere sie meinen Händen aus, die an ihnen herumhacken, in ihnen wühlen, sie drücken und trocknen, ohne jede Rücksicht. Ignacio versucht vergebens, mich festzuhalten. Er hebt mein Kinn und hebt meine Lider. Aus nächster Nähe sehe ich die Riesenaugen eines verblüfften Ochsen, die plötzlich zu vier verschwommenen Augen werden. (So viele Augen, du hast Augen im Überfluss, vier Augen mit vier Gläsern gegen die Kurzsichtigkeit.) Lass mich los, sage ich grob, wir müssen hier nicht Augenarzt spielen, das Spiel ist nicht zu gewinnen, und als hätte der Teufel mich gehört und wollte mir recht geben, drehe ich den empörten Kopf und knalle frontal gegen die Tür. Ein heftiger Schlag gegen den Türknauf. Ein dumpfer, dröhnender Schlag, der eine verheerende Wirkung hat. Blut, schon wieder, im Auge. Ein feiner Faden Blut, von dem ich nicht weiß, woher er überhaupt kommen kann. Noch eine Doppelwirkung, noch ein Zwilling des bereits Geschehenen, das ein und dasselbe ist, aber nun beginne ich zu schreien, zu brüllen und nicht vor Schmerz. Ignacio schreit und brüllt zurück, was ist los, wo hat es dich getroffen? Die Augen habe ich weit aufgerissen, ich sehe, wie das Auge den Blutfaden sieht, sehe alles, ohne mit dem Schreien aufzuhören, ich blute wieder ich blute. Aber du kannst nicht bluten, sagt er stotternd, verwirrt, du kannst nicht mehr bluten, die Adern haben sie entfernt. Da schreie ich noch lauter, schreie all das heraus, was ich nicht herausgeschrien habe, als ich es hätte tun sollen. Ich sehe wieder Blut, sehe es mit meinen Augen. (Ich will dir deine herausreißen, sie in meine stecken, damit du das Blut sehen kannst.) Ignacio rennt ins Schlafzimmer, um bei Lekz anzurufen. Er verlangt nach Doris, ja, Doris, höre ich ihn grußlos sagen, ja, Doris, wir wissen, dass Lekz am letzten Freitag im Monat keine Sprechstunde hat, wir wissen, das ist der Tag, an dem. *Que te calles!* Und obwohl Doris nur Englisch spricht, versteht sie in der Universalsprache der Hysterie, dass sie zu schweigen hat. Ich höre, wie Ignacio ein dröhnendes Schnauben von sich gibt, und gleich darauf, diplomatisch wie ein Professor, jeden

Konsonanten modulierend, jede Silbe mit angelerntem britischen Akzent, nach tiefem Einatmen, um den Tonfall zu wechseln: Bitte, Doris, verbinden Sie mich mit Lekz. Er dreht sich zu mir, die ich in der Tür stehe, mich selbst umklammert halte, und sagt keuchend, zieh dich sofort an, wir fahren.

Probleme

Auf der Straße heben wir unsere Arme, als riefen wir um Hilfe, aber stattdessen bleibt ein gelbes Auto vor uns stehen, das wie ein Herbststurm davonfegt und wie besessen die Stadt auf der Autobahn durchquert. Ignacio reicht dem Fahrer ein paar warme, knisternde Scheine, wir stürmen hinein und setzen uns. Ignacio merkt sofort, dass die Patienten heute andere sind, Freitagmittag sind die Operierten der Spezialistin für grauen Star an der Reihe. Alle tragen Pflaster wie ich, denn ich habe meine wieder angeklebt, doch tragen sie die Köpfe stolz und erhoben wie Kampfhähne. Ich höre ein Schnattern, das näher kommt. Es ist Doris, die neben mir in die Hocke geht und ihre fettigen Lippen meinem Ohr nähert, um mir zu verkünden: Wir haben da ein Problem. Ja, sage ich wie ein Automat, haben wir, das heißt, habe ich. Doris nickt und fragt, ob sie sich auch bei mir gemeldet hätten. Wer sind sie? Die von der Gesellschaft! Welcher Gesellschaft, frage ich düster, ich will keine Gesellschaft außer der von

Ignacio. Sie, die sich nur einer Büroangelegenheit auf einmal widmen kann, versinkt kurz in ein Brüten, verwirrt von meiner Verwirrung, den Blick starr auf ihre Unterlagen gerichtet, bis sie das Rätsel gelöst hat und mir erklären muss, dass es augenblicklich nicht um mich geht. Aber seit Langem schon scheint alles nur um mich zu gehen. Nein, sagt Doris, vergiss dich und deine Augen für ein paar Minuten. Doris will mit mir sprechen, aber ich spüre, dass in mir kein Platz mehr ist für weitere Luft, weiteres Blut, weitere Bürokratie, dass ich platzen werde, während sie von der verdammten Versicherungsgesellschaft spricht. Sie wollen die Operation nicht bezahlen. Meine Operation, sage ich mir, ohne ihr zu widersprechen, halte aber fest, dass es hier wiederum um mich geht. Die Versicherung, fährt Doris tastend fort, hat eine Operation bewilligt, die nicht die war, die am Ende stattgefunden hat. Im Operationssaal ist es zu Komplikationen gekommen. Ach ja?, sage ich, um etwas zu sagen, versuche meine Gedanken auf einen Bereich meiner Existenz zu lenken, der nicht Komplikation bedeutet, finde aber keinen. Ja, sagt Doris, kommt langsam hoch und sinkt auf den Nachbarstuhl, weil sie zu schwer an ihrem Körper trägt, ja, sagt sie, die Versicherung hat entschieden, dass die Untersuchungen keine schlüssigen Beweise für einen Defekt, eine Verletzung oder eine visuelle Anomalie liefern. Da ich nichts mehr antworte, stellt sie selbst die fälligen rhetorischen Fragen und beantwortet sie auch. Was wollen die, ruft sie aus, eine Blinde mit Stock und Hund als Beweis, dass die Operation absolut unvermeidlich war? Meine Operation, denke ich insgeheim, was kostet es sie schon, sie als meine zu bezeichnen, wie auch meine Untersuchungen, mein Leben, meinen Ignacio. Ignacio schweigt weiterhin, entschlossen, nicht mehr von diesem Stuhl aufzustehen, und wir folgen seinem Beispiel, wir schweigen alle drei, alle drei deprimiert, alle drei die Beine übereinandergeschlagen, während jeder für sich dieser – am Ende vielleicht nutzlosen – Millionensumme nachhängt, die die Versicherung sich zu bezahlen weigert. Aber die kampferprobte Sekretärin hält nicht lange durch, gibt die Stummheit auf und sagt, diese Schweine, das machen sie nicht zum ersten Mal mit uns. Wir werden ihnen das Video von der Operation schicken (meiner Operation, meiner und vielleicht auch ein bisschen deiner), mit einer Schachtel Popcorn, fährt sie fort, wir werden sie unter vergrößerten Aufnahmen begraben, schön eingerahmt, damit sie es kapieren, unter den vollständigen Kopien all deiner Unterlagen, wir schicken ihnen die neuste Fachliteratur, die Forschungsberichte, überschwemmen sie mit Mails. Doris verspricht, sie mit Anrufen zu bombardieren, bis ihre Leitungen zusammenbrechen. Bis sie genug von mir haben, schließt Doris, den Sieg vor Augen. Die werden uns bis zum letzten Penny bezahlen. Lass dich von denen nicht ins Bockshorn jagen, und sie tätschelt mir die Hand, steht mühsam auf, lässt den Stuhl knarren und entfernt sich, wobei sie Lekz begrüßt, der gerade hereinkommt, das Haar vom Wind nach hinten gekämmt. Guten Tag, grüßt er und setzt ein fragendes Gesicht auf, als er uns erblickt.

Wiedererkennen

Lucina, sagte ich und streckte die Hand in die Luft, ihm entgegen, denn ich wusste, dass er mich bereits vergessen hatte. Immer vergaß er, trotz unserer unseligen, fast schon historischen Abenteuer in Sprechzimmern und Operationssälen. Lucina, Doktor, ich weiß, Sie erinnern sich nicht, sagte ich und schwor mir, dass ich mich unvergesslich machen würde. Lekz senkte seine Stimme fast bis zum Unhörbaren und bat mich, ihn zu entschuldigen, aber nicht ich sei es, die er vergessen habe. Sondern alle. Sosehr er sich bemühe, er sehe sie in sein Zimmer kommen und habe nicht die geringste Ahnung, wer sie seien, das sagte er mir unter beständigem Räuspern, die Lupe vor meinen Augen, aber noch ohne mich zu untersuchen. Die Hand in der Schwebe, vertraute er mir an, dass ein Patient nach dem anderen eintrete und er gelernt habe, sie rein mechanisch mit ihrem Namen zu begrüßen. Sie zu begrüßen, als würde er sie kennen, war Teil seines Jobs. Dazu müsse er bloß auf die getippte Liste sehen, die ihm die fleißige Doris auf den Tisch lege. *Hi Peter. Step inside Gary. How are you Ms. Smith, nice to see you.* So komme einer nach dem anderen herein und mit ihm die Details eines optischen Problems. Ein Bluterguss, ein Netzhautriss, ein Glaukom, eine Makuladegeneration nach der anderen. Alles so alltägliche Dinge, dass sie im Einerlei verschwammen. Nach so vielen Jahren reichten ihm auch die Namen nicht mehr aus. Sie sagen mir nichts mehr, sagte er, zog mühelos die grau melierten dichten Brauen hoch, legte die Stirn in Falten, wurde ein Jahrhundert älter. Rein gar nichts sagen mir ihre Stimmen, ihre Gesichter. Sie redeten, ohne ihn zu sehen, dachte ich, er blickte ihnen ins Gesicht, ohne sie wiederzuerkennen. Alle hätten etwas dezent Vertrautes für ihn, die einzelnen Gesten, ihr Tonfall erzeuge einen irrlichternden Blitz, ein Vibrieren, ein Pochen in der Hirnrinde, das sich zu keiner Erinnerung aufbauen könne. Auch die Krankengeschichten sagten ihm nichts, denn er sei unfähig, die Hieroglyphen seiner Notizen zu entziffern. Wie ein Analphabet, der sich in einer Flut von Zeichen verliert, stelle er sich ihnen allen, Tag für Tag. Doch dann setze er sie vor seine Linse und fange an, die gesamte Chronik eines jeden Auges zu lesen. Auf dieser Fläche offenbare sich ihm die Identität eines jeden Patienten: Sobald er hineinsehe, erinnere er sich an alle Einzelheiten. Erinnere sich sogar, in welcher Reihenfolge er sie mit seinen Lichtblitzen versengt habe. Aber nein, das ist kein Erinnern, stellte Lekz klar und forderte mich auf, den Kopf zurückzulegen. Sich ins Gedächtnis rufen, rekapitulieren ist etwas anderes. *All the way back*, sagte er und strengte seine Stimme an, während er mein Lid hob, um mit der Untersuchung zu beginnen, und er versank in der Iris, die sich fast bis zu den Rändern geweitet hatte. Es ist kein Erinnern, sondern ein Wiedererkennen. Denn innen wie außen sei jedes Auge anders, und jedes trage nun seine Unterschrift. Trotz des Notfalls klang Lekz distanziert, als er seine Parolen wiederholte, zuerst nach oben, oben rechts, zur Seite. *All the way to the right.* Etwas weiter nach unten, ganz nach unten. Mein Hals drehte sich in einem Ritual auf seiner Achse. Diesem Zirkel folgend, beleuchtete Lekz mit der mächtigsten aller Lupen den gesamten Umfang meiner Netzhaut. Ich wartete, dass er mir sagte, was er da sah, welches Bild von mir aus den Tiefen meines Auges aufstieg. Was seine Diagnose über mein Leben aussagte. Was ist mit meinen Augen los, Doktor. Ah, sagte er und dehnte das a mit der Stimme eines Orakels oder der eines Iridologen oder einfach eines auf Augen spezialisierten Quacksalbers. Diese Netzhäute sind mein Kunstwerk.

Adern

Aber Ihr Kunstwerk ist krumm und schief geworden, sagte ich erbost, doch vor allem erstaunt, dass er das nicht gesehen hatte. Schief? Sie haben nicht richtig hingesehen, Doktor. Lekz räusperte sich, als rächten sich da gerade all die Raucherjahre. Noch eine Blutung. Keine Sorge, murmelte Lekz unruhig, griff zu einem Haarbüschel auf seinem Kopf und knetete es bekümmert, eine leichte Blutung ist nicht selten nach einer Operation, nicht selten, wiederholte er, kein Grund, zu erschrecken. Er beharrte auf seiner Gelassenheit, brummte in sich hinein, bis er, hinter seiner Lupe verschanzt, ganz verstummte. Sein Schweigen war kein gewöhnliches, es war ein Schweigen, das aus dem ganzen Leib kam. Lekz hatte zu atmen aufgehört. Auch ich hatte das Atmen aufgegeben. War entschlossen, zu ersticken. Das Schweigen war so tief, dass nicht nur wir, sondern auch die Leute im Wartzimmer sich womöglich aufgelöst hatten, die Welt womöglich verschwunden war und mit ihr Ignacio. Beunruhigt dachte ich an ihn, rätselte über seine bange Entscheidung, draußen zu bleiben. Die hatte er entschlossen verkündet, obwohl er im letzten Moment seine Meinung geändert hatte und hinter uns Richtung Tür gegangen war, die ihm Lekz jedoch vor der Nase zuschlug. Ignacio war wohl zu seinem Stuhl zurückgekehrt und blätterte fieberhaft in den Zeitschriften, ohne ihnen einen Funken Beachtung zu schenken. Lekz öffnete die Lippen, atmete durch den Mund ein, blähte die bedürftigen Lungen eines Rauchers im Ruhestand und unterbrach mit seinen Worten mein Schweigen. Es gibt einen kleinen Fehler. Einen Fehler oder eine überraschende Schwachstelle, das stimmt, gab er zu. Ich verstehe nicht, wie ich das bis jetzt übersehen konnte, murmelte er mit einem bitteren Vorgefühl. Er war mir so nah, dass ich seine Fingernägel über den Nacken kratzen und die Adern an seinem Hals pochen hörte. Er nahm den Metallring vom Kopf und erklärte stockend, er habe beim Schneiden ein paar gekräuselte Adern übersehen, Adern genau im Zentrum des linken Auges. Die habe ich übersehen, sagte er noch einmal und bestrafte sich selbst durch die Wiederholung. Ich war überzeugt gewesen, dass. Dachte, dass. Aber vielleicht belog er sich selbst, wie er sich da die Brauen rieb, vielleicht hatte er während jener Stunden tatsächlich alle Adern eliminiert. Und wenn es neue Adern sind? Adern der letzten Tage? Lekz war einsamer, verkrampfter und finsterer als sein eigener Schatten. Das ist mir noch nie untergekommen, aber wer weiß, einem meiner Kollegen vielleicht.

Oder mehreren. Oder allen. Sie könnten einen Blick auf dich werfen. Heute Nachmittag ist Ärzterunde. Dann wissen wir es mit Sicherheit. Mit meinem schwachen Doppelblick musterte ich seine postsowjetische Miene, während er sagte, ich würde nicht schlafen, sondern nur etwas benommen sein von einem Hauch Narkose. Du wirst nichts spüren, versprach er und warf einen Blick ins Wartezimmer, um Doris zu bitten, ihm eine Stunde in Operationssaal vier zu reservieren. Sie operieren gleich jetzt, Doktor, fragte Doris mit einem Seufzer und muhte innerlich auf, da sich die Aufgaben stauten. Aber sie war geübt darin, die Welt anzumuhen und nur einem einzigen Mann die Hand zu lecken, ihrem Gebieter. Jetzt gleich, Doris, den Saal für die klinischen Sitzungen, bestell die Kollegen ein für eine ambulante Revision, murmelte Lekz mit der Sanftheit eines echten Gebieters.

verschwunden

Die Stadt verschwindet, das Krankenhaus öffnet seine Tore, und ohne mich von jemandem zu verabschieden, verschwinde auch ich zwischen den Formularen und Neongängen. In diesem Fall habe ich ein Expressticket und gelange damit in einen Operationssaal, vollgestopft mit Augenärzten aller Größen und Formen, allesamt verzerrt und leicht verdoppelt. Flüchtig nehme ich wahr, wie Lekz in einem grünen

Kittel erscheint, gemeinsam mit anderen im gleichen Kostüm. Ich begreife, flüchtig, dass alle ihre Vormittagsoperationen hinter sich haben, aber noch geblieben sind, um gemeinsam mit Lekz das Mysterium meiner Adern zu begutachten. Ich höre, ebenfalls flüchtig, ihre Anekdoten, ihre Beileidsworte, ihre politischen Kommentare, und ich fühle nichts. Nichts spüre ich, als man mir den Aufprall der Betäubungstropfen ankündigt. Ich verlange nur, dass die Wirkung so lange anhält, wie diese kollektive Vergewaltigung dauert, und obwohl ich es hasse, wenn an mir herumgefingert wird, ergebe ich mich. Einen Moment schließe ich die Augen, nur damit Lekz sie gleich wieder für mich öffnen kann. Und schon sind sie weit aufgerissen. Ich höre fremde Stimmen, nahe Gespräche, die ich mir merke, aber nur flüchtig. Einer spricht das Wort Ader aus, das ein anderer wiederholt, dann verschwindet es. Einer lässt das Wort Wucherung fallen. Einer einen Satz über hormonell bedingtes Wachstum. Bei einem Mann wäre das nicht passiert. Ich weiß, dass sich noch jemand über mich beugt, und ich denke etwas über etwas, aber was. Überall nichts als blutige Wörter. Ich weiß, sie diskutieren über mein Schicksal, und weiß, ich bin nicht sicher, zu welchem Schluss sie kommen; in meinen Mund gelangt ein Schluck Wasser, im Aufwachraum, dann Tee mit faden Keksen in einem Gemeinschaftssaal voller Menschen. Kein Augenarzt, keine Krankenschwester, kein Ignacio. Ich warte, dass er auftaucht und mich nach Hause bringt. Sie lassen mich nicht allein gehen, ich könnte einen Schwindelanfall bekommen, könnte sie auf Schadenersatz verklagen. Ich werde eine weitere Nacht bleiben müssen, denn Ignacio ist verschwunden.

Er wird heute Abend nicht mehr kommen. Morgen vielleicht auch nicht. Du wirst nicht mehr kommen, Ignacio, sage ich mir, bevor ich in meinem eigenen Blackout verschwinde.

Auge um Auge

Ich öffnete ein Auge, und da war das Mädchen, die eine Gesichtshälfte unter einem Pflaster, und schleuderte mir den Blitz ihres Blicks entgegen. In diesem einen unverdeckten Auge konzentrierte sich der ganze Schrecken der Krankenhäuser, der nun wie eine Axt auf meine Hornhaut fiel. Während die Straße in der Ferne mit einem Hauch, einem Flüstern wieder zum Leben erwachte und die armselige Sonne durch die Vorhanglücken lugte, um uns mit ihrem Schein aufzuspüren, während die Glühbirnen sich sanft an der Decke wiegten, angestoßen vom nicht abreißenden Aufmarsch der Filipinas beim Schichtwechsel, während ich mit dem Aufwachen kämpfte, war das blendende, schaurige Blau ihres Auges schon seit Stunden erleuchtet und zielte auf mich. Um mich zu schützen, senkte ich die Lider ein wenig. (Ich suchte dich mit dem Blick, aber du warst nicht erschienen.) Ich blinzelte, konnte mich noch nicht damit abfinden, dass ich aus dem narkotischen Abgrund aufgetaucht war, nur um vom Blick eines Mädchens niedergestreckt zu werden, das ebenfalls auf seinen Arzt wartete. Die Kleine wandte ihr Auge nicht von mir, nicht ein Gramm ihrer Pupille. Es war ihr Auge gegen meines, aber meines war nur eine von Operationen ramponierte Iris, eine wankelmütige Pupille. War sie ein Dämon, ein Zauber, eine postoperative Halluzination? Wann war dieses Mädchen hereingekommen, so klein, so erstaunt darüber, eine Einäugige wie sie anzutreffen? Sie befand sich ein paar Meter entfernt, klagte nicht, kratzte nicht an der Haut um das Pflaster, war nur verblüfft; ich wandte den Blick ab, und bei diesem Wenden, der einzig möglichen Flucht, merkte ich, dass das Mädchen nicht allein war. Nein. Um das Mädchen spannten sich die Finger von jemandem, der ihre Mutter sein musste. Starr sie nicht so an, murmelte die Mutter, und ihre Stimme wurde von der hohen Saaldecke zurückgeworfen, starr sie nicht an, sie schaut herüber, wiederholte sie, obwohl sie selbst ohne jede Scham die eigenen Augen dreist auf mich warf: alle beide anstatt nur eines. Das gehört sich nicht, erklärte sie, aber durchsiebte mich mit ihrem Blick. Mein bloßes Auge betrachtete das verschwommene Mädchen und dann die Mutter, die sich ihre schmierige Stirn trocknete, dann die der Tochter, die verwirrt wartete, dass etwas geschah. Hat man Ihnen etwa auch ein Auge herausgenommen, hörte ich die Mutter sagen. Hat man Ihnen auch einen Krebs herausoperiert. Es war keine Frage, sondern eine Anklage, ein Vorwurf, den die Mutter auf mich abfeuerte, um die Überlegenheit der mütterlichen Leiden angesichts des einzigen, doch vernichtenden Auges ihrer Tochter zu beweisen. Da fiel mir meine Mutter ein, meine Mutter, die mir beim Abschied ihre alten Augen zugeworfen hatte, und ich dachte an Ignacio, an seine beiden unversehrten schwarzen Augen, diese Augen, deren er sich nicht bewusst zu sein schien, und dachte auch, wie einsam ich ohne mein Auge zurückbleiben würde, falls ich es verlieren sollte, mein Gesicht wäre verwaist. Und dann. Wenn Ihre Tochter Ihnen so viel bedeutet, *Ma'am*, sagte ich provozierend und forderte sie zu einem Duell mit sich selbst heraus, wenn Sie der Verlust so schmerzt, geben Sie ihr doch das fehlende Auge, jetzt gleich, mag es auch noch zu groß für sie sein.

der Beweis

(Ich weiß, du hast einen langsamen Selbstmord mit Nikotin begangen, während sich unser Schicksal entschied. Die Stunden zogen an dir vorbei, und du hast sie nicht gesehen, Ignacio, nicht die vorbeieilenden Krankenschwestern, nicht die Reinigungskräfte, die unter deinen Beinen wischten. Nichts hast du gesehen, bis du Lekz sahst, der sich von seinem Hofstaat der Augenärzte verabschiedete und trostlos den Gang heraufkam, das Gesicht mit einem Leichentuch überzogen, die Arme leblos am Körper, und Lekz sagte dir, morgen reden wir, über alles, mit Lucina, mit mehr Ruhe, jetzt bringst du sie besser nach Hause, leg du dich auch hin, sagte er, umging deinen Namen. Er verabschiedete sich, ohne dich anzublicken, ließ dich dastehen, im Leeren hängen, vor dir die Chance zu einer prompten, vielleicht aber auch wohlbedachten

Flucht, dieser schuldbeladenen Flucht, die dich eines Tages wieder zahm zurückbringen würde. Du wusstest nicht, wohin, ich hatte mich in deinen einzigen Ort verwandelt, das hast du mir später alles erzählt, erinnerst du dich nicht? Dass dich das Bedürfnis überkam, zu fliehen. Du bist hinausgegangen, um noch ein Päckchen Zigaretten zu kaufen, um durch die warme Nacht zu gehen, die für dich auf einmal nach Veilchen roch, und du bist immer weiter gegangen, dem Duft folgend wie eine Gans dem Frühling, aber die Veilchen verschwanden im Wind, und plötzlich warst du auf einem Platz, auf dem Unkraut und seelenlose Bänke wucherten, frequentiert von alten, heruntergekommenen Männern in Hosen, die niemand wusch, Alte, die einsam schliefen, jeder mit sich allein unter den Kartons, bis Schnee und Eis kamen, und dann. Dann? Hast du laut gesagt, aber niemand hat deine Frage gehört, denn du warst allein. Wie der alte Mann, der du bald sein würdest, in der Zukunft, in der du nur noch an diese Freundin würdest denken können, die du einmal in einem Krankenhaus verlassen hattest, ihr Bild wie in Blut geritzt. Und dann? Nichts weiter, hast du geschrien, erschrocken über dein eigenes Aufheulen, zweifelnd, was dir da die Ohren zerfetzte, gehörten dir all diese Stimmen, die hitzig in dir stritten? Hatte das Lucina oder ihre Stimme tatsächlich zu dir gesagt, bevor es in den Operationssaal ging? Du hast den Kopf geschüttelt, nein, es ist nicht wahr, nichts passiert, hast du wie ein Verrückter wiederholt, aber die Stimme hackte in deinem Kopf herum, ließ nicht zu, dass die Worte ausgelöscht wurden, die sie dir vor kaum ein paar Stunden zugeworfen hatte, meine Stimme, die eben das forderte, den alten Liebesbeweis. Nur einen, Ignacio, es geht nur um den einen Beweis, niemals würde ich zwei von dir verlangen. Der kleinste Beweis, um den ich bitten konnte, kaum größer als eine Murmel. Ich hatte dich darum gebeten, weil mir keine Alternativen mehr blieben, denn mir war bereits vor Lekz klar geworden, dass seine ganze Wissenschaft gescheitert war. Es kann nicht wahr sein, hast du dir gesagt, hast dir eingeredet, unser Gespräch habe nie stattgefunden, nie hätte ich derlei gewagt, niemals, aber dann schwenkten deine Gedanken allmählich zum Gegenteil um, dass ich sehr wohl von dir verlangt hatte, was dir so teuer war, und meine Bitte klang so lebensnah, so präzise, so einfach, dass du sie unmöglich erfunden haben konntest. Wer von uns beiden ist verrückter, hast du dich gefragt, und ich weiß, du hast trocken aufgelacht und versucht, an etwas anderes zu denken, aber meine Stimme beharrte fern von mir mit plötzlicher Freude, dass eben das, was du mir geben solltest, uns für immer einen, uns einander gleichmachen würde, einer das Spiegelbild des anderen, für den Rest unseres Lebens, ja für den Rest unseres Todes. Sogar noch danach, sagte meine Stimme in deinem Kopf, obwohl wir über das Danach nichts wussten. Was zählt, ist das Hier und Jetzt, hatte ich dir gesagt und mein Gesicht abgewandt, als du die Diskussion schon für beendet erklären wolltest. Für beendet, als hätte es sie nie gegeben. Verdammt, worum bittest du mich da, Lucina, hast du gesagt, und deine Stimme hallte über den Platz, sprach zur Luft, zu den Ratten, den Tauben, wie kommst du darauf, dass ich dir das geben werde, und du hast nicht gewagt, beim Namen zu nennen, um was ich dich bat. Nur das. Wie kommst du darauf, hast du im Stillen gesagt und gegen ein paar versengte Äste getreten, voller Wut, voll berechtigtem Argwohn, plötzlich voller Eifersucht, dass ein anderer Kerl fähig wäre, zu sagen, ja, ja, Lucina, ja, ich will für immer der Deine sein. Und fähig, das buchstäblich zu meinen und zu fühlen. Ich weiß, dass deine eigene Unschlüssigkeit dich quälte, deine Not, auf mein Drängen mit einem entschiedenen Ja oder einem ebenso endgültigen Nein zu antworten. Hör zu, Ignacio, hatte ich gesagt. Glaubst du nicht, dass ich das Gleiche für dich tun würde? Meine Frage hallte wider, kehrte als Echo zu dir zurück, füllte deinen Mund mit Übelkeit, mit Galle, denn seit Stunden hattest du nichts gegessen, ein leeres Würgen allein bei der Vorstellung, dass du mir das geben und mich danach dein Leben lang würdest ansehen müssen. Und du hast dich noch ein bisschen weiter umgebracht mit tiefen Zigarettenzügen, während ich schlief, seltsam ruhig, und von deinem kurzsichtigen, schönen Blick träumte, befreit von dieser schamlosen Frage, die du nun in der Nacht auf deinen Schulter tragen musstest. Ich bitte dich nur um eines. Mir helfen keine Gläser, mit buntem Glas kann ich nichts anfangen. Du hast versucht, nicht daran zu denken, hast deine Aufmerksamkeit auf Flamme und Streichholz gerichtet, hast gezählt, wie viele Sekunden es zum Abkühlen brauchte und wie lange dein Finger die Glut aushielt. Ich weiß, du hast versucht, deinen Kopf zu leeren, hast starr durch die Baumskelette geblickt, die eins nach dem anderen ihre Blätter im Wind verloren, und noch im Morgengrauen warst du dort, bist im Kreis herumgegangen, auf dem Platz und durch deinen Kopf, hast gewünscht, dass sie nicht wahr sein möge, die Bedingung, die ich dir beim Abschied gestellt hatte. Wenn du es nicht über dich bringst, mir zu geben, worum ich dich bitte, komm morgen nicht zurück.)

stop

Hinter Ignacio, durchräuchert von Zigarettenrauch, kam Lekz, ein keimfreier, bleicher Engel, urplötzlich ergraut, Ringe um die ausgelaugten Augen. Er sah schlecht aus. Wer wird sterben, Doktor, ich oder Sie? Lekz zog eine ungeschickte, resignierte Grimasse. Verschwommen sah ich, wie er den Kopf senkte und Luft in sich pumpte. Er werde mit Ignacio draußen warten, ich solle aufstehen und mich anziehen. In den Minuten, die darüber vergingen, den Rock über den gebrauchten Slip zu schieben, in die verschwitzten Socken, die Stiefel zu schlüpfen, T-Shirt, Halstuch, Pullover, die Angst vor dem Urteil überzustreifen, zogen vor meinen kranken Augen zahllose Erinnerungen vorüber, zusammengewürfelte Schätze, Erinnerungen an Zeiten, in denen ich die Krankheit künstlich ausgeblendet hatte, Zeiten falschen Glücks, die mir die Illusion gegeben hatten, eine andere sein zu können, und die mich geschwächt und einer fremden Einsamkeit ausgeliefert hatten, die einzig und allein meine war. Mit hoch erhobenem Kopf ging ich hinaus, auf das vorbereitet, was Lekz mir in dem Sprechzimmer, das uns das Krankenhaus zur Verfügung gestellt hatte, sagen würde. Der Doktor räusperte sich mehr denn je. Lekz räusperte sich, und Ignacio räusperte sich nervös, und auch ich wurde vom Räuspern angesteckt, aber ich machte meine Kehle frei, bevor ich ihnen kaltblütig entgegenschmetterte, ich bin bereit, bin ganz Ohr. Ich sah, wie Lekz sich den Kopf mit allen Fingern knetete. Ich sah, wie er sich das Gesicht rieb, nicht wusste, wie er es erklären sollte, aber bereits entschlossen, keine Ausflüchte mehr, er war nun ein Fernschreiber, der Vorleser eines Telegramms. In deinem linken Auge sind Adern / stop / Neue Adern / stop / Bald zerreißen sie die Netzhaut / stop / Momentan ist das andere Auge ruhig, aber das Blut kommt wieder / stop / Binnen Kurzem bist du blind. / stop / und Ende. Es war endgültig. Das Blut, seine Möglichkeiten, sie waren nie völlig verschwunden. Sie waren Teil meiner Augen. Ich spürte Ignacios verschwitzte Hand, die aus meiner glitt, spürte den ganzen Ignacio Richtung Boden gleiten. Ignacio, in eine ungesunde Farbe verwandelt. Ignacio, sagte ich, lass mich einen Augenblick allein mit dem Arzt. Und als ich die Tür ins Schloss fallen hörte, stützte ich die Ellbogen auf den winzigen, muffigen Tisch, beugte mich vor und forderte Lekz auf, mir eine Zigarette anzuzünden. Ich weiß, dass Sie heimlich rauchen, hinter dem Rücken Ihrer Frau, Ihrer Patienten und vor allem von Doris, ja hinter Ihrem eigenen Rücken. Ich kann den Tabak in Ihrem Atem riechen. Sagen Sie nichts, auch ich werde schweigen. Die Zerstörung meiner Augen lässt sich ohnehin nicht mehr aufhalten. Lekz öffnete eine unsichtbare Schublade und reichte mir eine Zigarette. Er steckte sich ebenfalls eine an, fast dankbar, sein Geheimnis teilen zu können. Ich sah den verschwommenen Schein der Flamme, die in der Trostlosigkeit dieses Samstags seine Augen erhellte. Ich sah meine eigenen gespenstischen Spiralen in der Luft, während ich nachdachte, wie es ihm sagen. Uns bleibt nur noch die Transplantation, Doktor, die sind Sie mir schuldig. Transplantation, wiederholte Lekz mit ersterbender Stimme, Transplantation, Lina, murmelte er, musste nicht mehr nach meinem Namen suchen, und schickte ein paar Wörter hinterher, die sich in seiner Zunge verhedderten. Eine Transplantation ist äußerst heikel, sagte er mir, sprach jedoch zu sich, in diesem lapidaren Ton. Allzu heikel, sagte er, als hätte ich das nicht gewusst. Das habe man bisher nur bei Tieren versucht, nie bei Menschen. Doktor, entgegnete ich und beugte mich zu ihm, bis mein Rauch ihm die Wangen versengen musste, ich bin nicht mehr als ein Tier, das keines mehr sein will. Lekz zündete sich mit der ersten eine zweite Zigarette an und schlug meine Akte auf, blätterte in den zahllosen Seiten der Krankengeschichte, zeichnete schwerfällige Kringel um meinen immer kürzeren Namen, und sagte dann, nein. Es sei nicht möglich. Es gebe keine Augenbanken, niemand spende tote Augen. Der Glaube sei verbreitet, sagte Lekz, dass die Erinnerung in ihnen wohne, dass die Augen eine Verlängerung des Gehirns seien, des Gehirns, das sich aus dem Gesicht lehnt, um die Wirklichkeit einzufangen. Manche Leute dächten, in den Augen liege das Gedächtnis verwahrt, sagte er, und andere dächten immer noch, dort verstecke sich die Seele. Das ist meine einzige Chance, unterbrach ich ihn, Zeitvergeudung alles andere; meine Chance und auch die Ihre, Doktor. Ich stand auf, kniff die Augen zusammen, damit er spürte, dass ich ihn ansah und nichts anderes zulassen würde als ein sofortiges Ja. Lekz blickte mich schockiert an, seine Lippen bebten vor lauter Wörtern, die er nicht einmal mehr zu denken wagte. Er versank fast eingeschüchtert in seinem Stuhl. Ich hörte seine Finger auf irgendetwas trommeln. Lekz schöpfte langsam Mut in diesem Sprechzimmer, so still, obwohl die Autos lärmend die Stadt durchquerten. Die Welt war so still, dachte ich, Lekz so schweigsam, trotz seiner nervösen Finger, mein Ignacio so verloren in irgendeinem Gang, wo er beklommen auf und ab ging, und Chile so fern, so stumm. Das dachte ich, als ich ihm plötzlich sagte, erleuchtet, elektrisiert, schwankend, aber in der Gewissheit, dass genau das geschehen würde. Rühren Sie sich nicht, Doktor, flüsterte ich, warten Sie hier, ich bringe Ihnen ein frisches Auge.

Die Originalausgabe erschien 2012 unter dem Titel *Sangre en el ojo* im Verlag Penguin Random House Grupo Editorial, Santiago de Chile.

MIX
Papier aus verantwortungsvollen Quellen
FSC® C014496
www.fsc.org

ISBN 978-3-7160-2766-0

Deutsche Erstausgabe
1. Auflage 2018

Gesetzt aus der Sabon
Satz: Pinkuin Satz und Datentechnik, Berlin
Druck und Bindung: GGP Media GmbH, Pößneck
Printed in Germany

www.arche-verlag.com
www.facebook.com/ArcheVerlag

»Eine der besten Autorinnen, die das 20. Jahrhundert hervorgebracht hat.«

Christopher Schmidt, Süddeutsche Zeitung

Lucia Berlin
Was ich sonst noch verpasst habe
Stories
Deutsch von Antje Rávic Strubel
384 Seiten
Gebunden mit Schutzumschlag
22,99 € [D] / 23,70 € [A]
ISBN 978-3-7160-2742-4

Lucia Berlin
Was wirst du tun, wenn du gehst
Stories
Deutsch von Antje Rávic Strubel
176 Seiten
Gebunden mit Schutzumschlag
19,00 € [D] / 19,60 € [A]
ISBN 978-3-7160-2765-3

»Das ist wirklich große literarische Kunst.«

Thea Dorn, Das literarische Quartett